LA CHASSE

Pour prolonger le plaisir, vous pouvez rejoindre
notre communauté Instagram @l_ardeur_
et retrouver des extraits audio
de tous les titres de la collection L'Ardeur
sur notre page Soundcloud.

ISBN 979-10-352-0683-3

Éditrice : Charline Vanderpoorte
Assistante d'édition : Juliette Gaillard
Photographie : Cha Gonzalez
Maquette de couverture : Florie Briand
Maquette intérieure : Amandine Chambosse

Loi n° 49-956 du 16 juillet 1949 sur les publications destinées à la jeunesse

LA CHASSE

MAUREEN DESMAILLES

EDITIONS
THIERRY
MAGNIER

Maureen Desmailles est née à Amiens. Une fois le bac obtenu, elle déménage à Paris pour étudier à la fac, puis enseigne la théorie du cinéma et l'analyse filmique. Formée à l'écriture par la lecture et par la recherche académique, elle renoue avec la fiction après sa thèse et met aujourd'hui son travail sur les enjeux politiques des représentations au service de romans. À part ses passions pour les téléréalités de *dating*, le rappeur Booba et les vampires d'Anne Rice, c'est donc quelqu'un de très sérieux.

Said that we're not lovers
We're just strangers
With the same damn hunger
To be touched
To be loved
To feel anything at all.

Halsey, *Strangers*, 2017.

AVANT-PROPOS

Dans ce roman, le genre du personnage principal, Max, est indéterminé. N'en faites pas un mystère à élucider. Le texte ne cache aucun indice, aucune clef qui vous permette d'affirmer que Max est un garçon ou une fille. Les seules certitudes sont celles de votre imagination car l'histoire racontée vous appartient. Aussi, affrontez vos préconçus : à quels moments lisez-vous le personnage au masculin ou au féminin, et pourquoi ? Quels biais vous y poussent ? L'histoire change-t-elle avec le genre de son·a narrateur·ice ? En matière de sexualité, comme dans tous les domaines, aucun geste, aucune pratique, aucune émotion n'est l'apanage d'un genre ou d'un autre : tout le monde peut avoir peur, tout le monde peut pénétrer – et tout le monde a besoin de capotes.

FANTÔME

1

Juillet était long et triste, un chemin de gadoue dans la brume. J'en avais remonté beaucoup avec mon père, il était chasseur, il m'emmenait quand ouvrait la saison. Je n'aimais pas les matins de chasse, le froid au bout des doigts, les poils humides et bouclés des chiens, les odeurs du refuge, entre la tourbe et la viande. Il fallait partir tôt, il fallait porter des trucs lourds. Dans le brouillard, tout devenait contour. L'aube faisait de nous des fantômes.

Cette année-là, j'avais dix-sept ans et je n'en pouvais plus de disparaître. Sous mes cuisses, le plastique moite de la chaise, les rayons de l'assise imprimés sur la peau. J'entendais le bruit des verres qu'on pose sur la table et des couverts dans les assiettes, le crépitement des braises du barbecue, la voix de mes parents et de mon frère, ils parlaient de Paris, la prépa, déjà la fin juillet, la rentrée va arriver vite, il ne faut pas traîner. Sous l'urgence de leurs mots, le jardin était calme, l'air tiède, un début de nuit et, contre la verrière de la terrasse, les mouches bourdonnaient, elles se cognaient aux carreaux, elles étaient coincées. Je n'avais pas touché à mon assiette, pas vraiment, suffisamment pour que ça n'ait pas l'air suspect, pas assez pour avoir mangé, ma mère fronça les sourcils : « Max, avale un truc s'il te plaît. » Je soupirai sans obéir, elle m'ignora, elle écoutait Antoine, il disait : « Il faut vraiment qu'on trouve un appart avant septembre, je ne pourrai pas chercher un truc après le début des cours, je n'aurai pas le temps. » Mes parents hochèrent la tête : « Oui bien sûr », le silence tomba. Ma mère se leva pour débarrasser, elle jeta le contenu de mon assiette dans le plat de salade vide, elle s'éloigna vers la cuisine : « Ne t'inquiète pas, Antoine. On va trouver. »

La conversation était la même depuis des semaines. Antoine entrait en prépa à Paris, Antoine allait partir, Antoine avait devant lui l'avenir des grands, il venait d'avoir son bac, il était brillant, major de sa classe, major du lycée, major de la ville, du département, de la région. Un journaliste était venu l'interviewer le matin des résultats, jeune, la taille très fine. « Et toi ? » m'avait-il demandé pendant que ma mère repassait un T-shirt pour la photo qui devait illustrer l'article. « Tu veux faire quoi plus tard ? » J'avais haussé les épaules, bougonné : « Rien, je m'en fous », il avait ri, ça m'avait énervé. Antoine avait enfilé son T-shirt, le journaliste avait sorti son portable, deux photos, une de mon frère seul, lisse, une de toute la famille. On me voyait mal dessus, visage flou, contre-jour, personne ne se formalisa. J'avais l'habitude.

En maternelle déjà, j'étais invisible. Je cherchais où accrocher mon manteau dans le couloir car un autre enfant avait pendu le sien à ma place, je me faufilais, m'asseyais parmi les autres, l'institutrice oubliait mon nom sur la liste d'appel. Au lycée, les profs tiquaient à chaque copie qu'ils me rendaient : « Il y a quelqu'un qui s'appelle Max dans cette classe ? » Je levais la main, ils haussaient les sourcils, « Ah oui, c'est vrai. Bon, 10, pas terrible ». Ça faisait pouffer les autres, ils ricanaient puis remballaient leurs affaires et m'oubliaient avec la sonnerie, le vacarme des chaises qu'on pousse sous les tables, la course dans les escaliers, les cris des surveillants : « DOUCEMENT MA PAROLE ON SE CALME ! » Le brouhaha, la chaleur des groupes m'intéressaient peu, l'indifférence que j'inspirais aux autres m'assurait une tranquillité précieuse mais je me savais sur une corde raide : dans tous les lycées de France, la solitude est une tare, et si je voulais qu'on me foute la paix, il fallait un essaim où me fondre. Je traînais avec le milieu du panier, pas les bourges, pas le fond de la classe, pas les intellos, non : ceux et celles qui n'ont rien à se dire mais s'agglutinent par défaut, pour survivre, traverser la cour, les DST, les bacs blancs, et le reste, qu'ils maîtrisent moins que les autres – les mises en couple, les glousse-ments de la drague, les photos sur les réseaux. Gabin depuis la primaire, Maëva et Pierre depuis la troisième. Sidonie avait chopé un fils d'agent immobilier au début de l'année, elle nous avait laissés tomber. On ne lui en voulait pas. On était lucides. On ne se devait rien.

Je pris ma douche pendant que ma mère finissait de ranger la cuisine. Dans le salon, un match de foot quelconque à la télé, le vert saturé de la pelouse, le vacarme des commentaires et des supporters. Mon père et Antoine scrollaient les MacBook Air d'occasion sur la tablette, ils ne levaient la tête que si les journalistes haussaient la voix pour signaler une frappe. Ma mère était dans la cour, devant la maison, elle fumait dans un vieux rocking-chair, une jambe pliée, le pied posé sur l'assise. Je la rejoignis et m'assis sur les marches de béton de la porte d'entrée avec un coupe-ongle. Elle tira sur son mégot.

– C'est encore la fête chez les voisins.

L'éclairage de la rue soulignait la façade de briques rouges et le vert profond du portail du corps de ferme en face du nôtre, le silence de la nuit était troublé par la musique et les voix qui s'en échappaient. Marc et Virginie Delgado avaient débarqué de Paris l'hiver dernier et racheté la ferme délabrée des frères Ostyn pour la transformer en chambres d'hôtes. Ça avait fait jaser, le bruit, la poussière des travaux réveillaient les bébés que gardait ma mère, elle les rendait épuisés à leurs parents énervés : « C'est pas possible, ça va durer encore combien de temps leur bordel ? » Je me coupais les ongles des mains, le shampoing au caramel me tournait la tête dans l'air chaud, il cachait l'autre odeur, dont je ne parvenais pas à me défaire.

– Tu devrais y aller une fois, continua ma mère.

– Bof.

– Tu ne sors jamais.

– J'étais chez Dylan y a trois semaines.

– Et Maëva ?

– Quoi Maëva ?

– Elle ne vient plus ?

– Non.

– Gabin, Pierre, ils font quoi ?

– Je ne sais pas, leurs trucs.

Ma mère soupira. Je dis :

– Quoi ?

– Même ton frère voit plus de monde que toi, Max.

– Et alors ?

– Alors rien. Ça me désole, c'est tout.

Ma mère tapa sa cendre dans le verre à moutarde qui lui servait de cendrier. Après un temps, elle dit :

– J'y suis passée, chez les voisins, l'autre jour. Virginie m'avait commandé des œufs. Elle m'a présenté leur fille.

– Oui, je l'ai croisée vite fait déjà.

– Elle est adorable. Elle est avec son copain, ils vont nourrir les chevaux pendant que Marc et Virginie seront en Grèce. Elle dit que tu peux venir quand tu veux.

– Je ne la connais pas.

– Ça t'occuperait.

– Je m'occupe ici.

– Arrête, Max, tu ne fous rien. Tu ne vas même plus tirer.

– C'est bon, c'est les vacances.

– Justement. Profite un peu.

Les rognures d'ongles tombaient dans l'herbe au pied des marches, elles disparaissaient dans la terre, je me demandais ce qu'en feraient les fourmis. J'écrasai un moustique sur ma cuisse. Ma mère vint s'asseoir à côté de moi, elle dit doucement :

– Vous partez quand déjà chez les grands-parents de Maëva ?

– C'est annulé.

Je grimaçai car je n'aimais pas me souvenir de ce qui s'était passé, et parce que j'avais entaillé le lit rose de l'ongle de mon pouce. Une goutte de sang perla, je la suçai pour ne pas me tacher.

– Pourquoi ?

– Je ne sais pas.

C'était un mensonge, mais si ma mère le vit, elle ne le releva pas.

– Depuis quand c'est annulé ?

– Depuis pas longtemps.

– Depuis quand, Max ?

– Depuis dix jours.

Je gardai les yeux sur mes ongles mais je savais l'expression qu'elle affectait, la mâchoire allant et venant de droite à gauche, elle réfléchissait, elle était emmerdée :

pendant que j'étais dans le Sud chez Maëva avec Pierre et Gabin, mes parents avaient prévu de passer leurs trois semaines de vacances à Paris avec Antoine pour lui trouver un appart.

– Je vais voir avec ton père, mais ce sera probablement mieux que tu restes ici.

– Pourquoi ?

– Parce que c'est plus pratique.

Ma gorge se ferma. Je n'avais pas spécialement envie de passer mon mois d'août à visiter des chambres de bonnes, mais je ne pensais pas mes parents capables de m'écarter si vite. Ma mère s'aperçut de la brutalité de son pragmatisme. Elle se pinça les lèvres, coupable.

– C'est pour toi surtout. Ça ne va pas être marrant, on ne va rien faire à part courir d'appart trop cher en appart pourri.

En face, des éclats de rire, des protestations joyeuses, le bruit d'un corps qu'on jette dans une piscine. Ma mère caressa ma joue, mes cheveux. Elle dit, désolée :

– Je sais que tu ne passes pas le meilleur été de ta vie, chat.

Sa tendresse me surprit, j'avalai ma salive. Entre nous, le silence s'étira, ouvrit une brèche dans le brouhaha de la fête des Delgado. J'allais m'y engouffrer mais :

– C'est important, ce qui se passe pour Antoine en ce moment.

Je serrai les dents. Antoine, Antoine, Antoine, je n'en pouvais plus d'Antoine.

– Alors sois sympa. S'il te plaît.

Ma mère se leva, rentra, la moustiquaire battit le vide dans son dos. Un vent sec secoua les branches des mûriers, chassa le shampoing, le gel douche sucré. Ne resta que l'odeur que je voulais oublier.

2

Ce n'était pas à cause d'Antoine que je ne supportais plus d'être invisible, c'était à cause d'Andréa. Elle était arrivée dans ma classe en cours d'année, elle venait d'un lycée privé d'Amiens qui l'avait virée, elle avait atterri chez nous pour la discipline. Ça m'avait plu sans me questionner, je savais que je ne pouvais rien attendre d'elle, elle ne me verrait pas, personne ne me voyait jamais. Et puis, un matin où Gabin était malade, elle avait été mon binôme en chimie. Je détestais la chimie, les pipettes, les béchers, les blouses blanches et les lunettes pour diffracter la lumière ou souder deux fils électriques, je trouvais ça ridicule. Andréa était nulle, mais espiègle : on n'arrivait à rien tout en riant beaucoup. Au quatrième fou rire, le prof l'avait sortie du labo et, je ne sais pas, quelque chose avait cliqué, un horizon qui s'ouvre. Elle s'était levée, solide, ancrée, on avait l'impression que rien ne pouvait l'ébranler, ça m'avait donné envie de sentir le poids, la densité de son corps sur le mien. Elle avait retiré sa blouse, la nuque tendue, elle avait protesté, voix claire, accent rugueux, je voulais me repaître de son souffle. Dans l'encadrement de la porte, elle s'était retournée pour me sourire avant de sortir. Mon cœur battait la chamade. Ça n'avait aucun sens.

Gabin s'était soigné et Andréa était devenue la binôme de Pierre. Binôme de chimie, binôme en maths, binôme des exposés en français, binôme en arts plastiques, binôme en sport aussi, elle lui avait appris à servir au volley, à tenir son équilibre en gym, à nager le dos crawlé, elle touchait sa taille, son dos, son ventre pour lui dire quand expirer, elle nageait à côté de lui pour le guider, pour ne pas qu'il se cogne la tête.

– Ça te fait chier que Pierre et Andréa se chauffent ? m'avait demandé Maëva en quittant les cours, un soir.

On attendait le ramassage scolaire, c'était long, il était tard, j'avais faim.

– Je m'en fous, pourquoi ?

– Tu les regardes tout le temps.

C'était vrai, ou plutôt je la regardais elle, j'essayais de comprendre ce qui déclenchait les mains moites, la gorge serrée. Andréa était longue, souple, un serpent de rivière, une mâchoire trop franche pour des yeux trop bleus, des cheveux trop blonds, des épaules trop carrées à cause du club escalade entre midi et deux, toujours elle gobait un sandwich dégueu du grec en face du lycée et elle passait sa pause au gymnase. Je crois que j'aimais ses excès, le fait qu'elle déborde, qu'elle parle trop fort, qu'elle soit trop là, l'impertinence de sa silhouette au milieu de nous, des ados de campagne tranquilles, hésitants, qui la regardions comme une anomalie ou un cadeau. Andréa secouait tout, on avait envie d'être avec elle, de respirer le même air, de goûter les mêmes sons. On voulait qu'elle nous voie. Je voulais qu'elle me voie.

C'était un fantasme vivace mais inoffensif, car privé. Andréa passait la grille du lycée et me vissait au sol, je me pétrifiais quand on se croisait, quand elle me souriait, quand elle nous rejoignait à la récré, qu'elle s'asseyait en face de moi et qu'elle se penchait pour me montrer un truc sur son portable ou qu'elle m'attrapait le bras pour pointer du doigt un truc au loin, tout, n'importe quoi, ça n'avait pas d'importance. L'idée qu'il puisse vraiment se passer quelque chose, que sa bouche touche un jour la mienne, que ses mains me fouillent, était absurde. Je la convoquais dans mon lit quand j'avais besoin de jouir vite, mais je n'envisageais rien, je ne songeais même pas à tenter quelque chose, à me positionner face à Pierre, j'étais invisible, je n'intéressais personne, ça ne pouvait pas m'arriver.

Après les épreuves du bac français, Dylan avait invité toute la classe chez lui. Les soirées du lycée me filaient des angoisses mais je savais qu'Andréa serait là alors j'avais fait un effort. La maison était gigantesque, on était une grosse trentaine, les parents nous avaient parqués dans le garage et une partie du jardin avec une sono merdique, des pizzas industrielles et des grands saladiers de bonbons. On avait bu. On avait joué à la bouteille, debout au milieu du cercle des autres, à se gober la langue, à chercher le scandale. Gars, meuf, ça allait, c'était rapide ou langoureux, personne ne faisait trop cas du truc, sauf quand c'était des ex. Meuf, meuf, ça tiquait un peu mais les filles n'avaient pas peur, les joues rouges, les filets de salive sous la lumière colorée, les mecs devenaient fous, ils couraient autour des chaises, « Popopoooooooo ! » Gars, gars, en revanche, ça coinçait. Tous en faisaient des caisses, ils mettaient leurs mains entre leurs bouches, ils pinçaient les lèvres, ils crachaient. Ils embrassaient longtemps la fille dont c'était le tour ensuite, il fallait racheter quelque chose. J'embrassai Gabin, Sido, Kelly. Je détournai les yeux, le nez dans ma vodka, quand Pierre embrassa Andréa. Elle fit tourner la bouteille. Et ce fut moi.

Ça ne pouvait pas être grand-chose, ce premier baiser. C'était un jeu, il y avait les autres, il y avait Pierre, ils n'étaient pas encore ensemble mais c'était chasse gardée, on savait qu'il avait mis une option. J'avais les jambes molles, je déglutis, je dus lever la tête car elle était plus grande que moi. Son sourire était le même qu'au TP de chimie, elle posa ses mains sur mes épaules, j'eus l'impression qu'elle allait remonter vers mon cou mais non, elle se pencha, ses lèvres touchèrent les miennes, elle avait fermé les yeux alors je l'imitai, et voilà. Elle regagna sa place, dit un truc que je n'entendis pas au gars à côté d'elle, il éclata de rire. Je fis tourner la bouteille, elle désigna une fille que je ne connaissais pas bien, ses lèvres étaient gercées. Je me rassis à côté de Gabin, j'acceptai le joint qu'il me tendit pour cacher que je tremblais.

Plus tard, les autres dansaient, j'étais dans le jardin, j'avais trop chaud, et soif, je buvais de la Badoit.

– Ah mais t'es là.

Je me retournai pour la voir, elle finit son verre et le posa sur une table en plastique. À l'intérieur, on hurlait, les enceintes grésillaient, les baffles crachaient : « Et ça fait clic, clic clic pan pan pan ». Andréa avança vers moi. Dans ma poitrine, un tambour.

– Tu me cherchais ?

– Non, je me demandais, c'est tout.

Elle rit, elle était si sûre d'elle, ça m'excitait, ça me rendait malade.

– Quoi ?

– Rien, tu me fais rire.

– Pourquoi ?

Trop près, trop vite, l'odeur du tabac, les lèvres collantes de sucre et d'alcool.

– Tu crois que personne ne te voit.

Cette fois, sa langue s'immisça entre mes dents, s'enroula autour de la mienne, nerveuse, habile, ça m'arracha un gémissement serré, je sus, à ce moment, que mon corps était fait pour ce qu'elle voudrait lui faire. Andréa me pressa contre sa poitrine, je mordillai sa lèvre, elle sourit encore, elle m'embrassa doucement, les deux mains sur mes joues et mes doigts fermés sur ses poignets. Elle respirait vite, elle me poussa derrière un abri de jardin sans me lâcher, mon dos cogna la paroi de bois. La bouche d'Andréa courait dans mes cheveux, mon cou, ses mains étaient sous mon T-shirt, son bassin collé au mien, ça pulsait. À nouveau sa langue, ses lèvres, le goût de gras, de pizzas surgelées, de shit, je parvins à déboutonner son jean et à y glisser une main, elle grogna, elle souffla fort, elle jouit dans ma paume en frappant le bois du poing et en s'effondrant, le front dans mon cou, tremblante comme une enfant. Mes oreilles bourdonnaient, j'étais hors d'haleine, c'était allé si vite, je ne savais pas ce que j'avais ressenti. Dans mon dos, la paroi dure, lisse, la musique étouffée par les murs du garage et par nos souffles toujours mêlés, inspiration, expiration, la même cadence, la même amplitude. Andréa se redressa, j'eus envie de pleurer, elle n'avait rien dit, elle allait partir. Elle caressa mes cheveux, ma joue, elle respirait vite encore. Elle m'embrassa, la douceur de son geste, l'affreuse douceur, je crois que je lui aurais pardonné la suite s'il n'y avait pas eu ce baiser. Elle chuchota :

– Excuse-moi, je ne pensais pas que ça me ferait ça.

Puis :

– Laisse-moi deux minutes, et je m'occupe de toi.

Je voulus rire mais le bruit que je fis fut horrible, c'était drôle, encore plus drôle que ce qui venait de se passer, le bonheur de ce moment, on pouffa, on s'embrassa, je goûtai d'autres choses dans sa salive, une amertume sous la vodka, un goût de zestes, d'agrumes, ce n'était pas permis d'avoir le goût d'agrumes, ici, dans le Nord de la France. Au creux de mon oreille, elle murmura : « J'ai tellement envie de toi », je soufflai : « Moi aussi », elle dit : « Tu veux faire quoi ? », j'allais répondre : « Tout », quand la voix de Pierre fendit la nuit :

– Andréa, t'es où bordel ?

Nos corps se séparèrent comme ils s'étaient trouvés, dans un sursaut. Pierre se rapprocha, on l'entendit maugréer : « C'est pas possible cette meuf, elle est intenable en fait, pourquoi je me fais chier. » Andréa parla, voix sûre, rien de ce qui était arrivé n'y résonnait, ça me fendit le cœur :

– J'arrive.

– T'es où putain, je vois rien.

– Je pisse, attends.

Elle resta face à moi quelques secondes dans la pénombre, je cherchais quoi faire, quoi dire, elle était si près mais je la voyais mal. Je déglutis, elle se détourna, s'éloigna, je discernai la voix de Pierre : « T'abuses, j'ai cru que t'étais partie sans moi, on a dit qu'on rentrait ensemble », et Andréa : « On y va, t'inquiète, je suis en scooter, je te ramène », et moi, le ventre en feu, les larmes aux yeux.

3

Je racontai tout à Maëva le lendemain, moins pour me confier que pour décharger, il fallait que ça sorte, je ne pouvais pas garder ce qui s'était passé à l'intérieur de moi, c'était trop gros, trop brûlant. Ma confidence l'étonna, elle posa des questions pratiques : « Du coup tu vas faire quoi ? » « Mais vous êtes ensemble ? » « Tu vas le dire à Pierre ? » Je n'avais pas envie d'y réfléchir, pas maintenant, pas alors que ma peau gardait en mémoire la texture des doigts d'Andréa sur mes flancs, les points de contact dans mon dos, pas alors qu'aucune douche, aucun savon ne semblait pouvoir chasser l'odeur de nos corps serrés, ouverts pour l'autre, ça montait par vagues, j'étais sur le canapé devant la télé, j'étais dans mon lit, j'étais sur mon vélo, au supermarché, je faisais un geste quelconque et, sans prévenir, j'avais dans les narines le souvenir âcre, vivant du noir, des lèvres mouillées, de la cyprine sur ma main. J'avais eu peur, au début, je pensais que l'odeur se diffuserait partout dans la maison, que ma mère allait venir me renifler, que mon père m'engueulerait, que mon frère se moquerait : « Ah ouais, donc toi tu fais ça comme ça », je l'avais entendu dire ça à un de ses potes au téléphone une fois. Mais personne ne la respirait à part moi, c'était moins un parfum qu'un souvenir, une idée, une façon pour mon cerveau d'ancrer le moment dans ma chair.

Andréa n'était pas la première personne avec qui il se passait un truc, pas le premier corps que j'étreignais, pas le premier sexe qui palpitait contre moi. Avant elle, il y avait eu Alix, en vacances en Provence, j'avais quinze ans, on avait couché ensemble dans une tente au camping, c'était un pacte, on voulait que ce soit fait avant d'entrer au lycée. Deux semaines plus tard, un peu avant mon départ, Malo, c'était son nom d'animateur, je le trouvais beau, il faisait toujours des remarques quand je rejoignais ma mère au cours de sport, je l'avais sucé sans capote dans les sanitaires pour un action ou vérité. Il avait dix-neuf ans, il avait blanchi en apprenant mon âge, il avait remonté son short en disant : « C'est chaud putain, t'en parles à personne, je pourrais perdre mon taf. » Dans les deux cas, c'était un acte contractuel : Alix et Malo avaient été des corps utilitaires, ils m'avaient permis de me prouver quelque chose et je gardais d'eux un souvenir incommodé, je n'aimais pas penser à ce qu'ils disaient de moi, de mon corps, de ce qui le faisait vibrer. Dans les deux cas, aussi, je me tus.

Andréa n'était pas la première donc, mais elle était la première qui comptait, la première dont je m'autorisais à espérer autre chose que le noir, le repli, la planque, la première dont le goût ne me quittait pas, j'avais des envies d'orange, je buvais des litres de citronnade, c'était stupide. Maëva me déconseilla d'envoyer des messages, des vocaux, de prendre contact, « Pierre est parano, t'es malade, s'il fouille son téléphone, il va péter un câble. » Elle avait raison, je m'accrochais à ça, c'était une bouée, ça expliquait le silence depuis la soirée chez Dylan. Sur la terrasse, à tracer des sillons dans les ronds humides des verres posés sur la table, elle répétait aussi que je me faisais des idées, qu'Andréa était une michto, on racontait qu'elle avait été virée de son lycée parce qu'elle avait avorté. Je l'écoutais sans répondre, je buvais un Orangina, je lui faisais signe de parler moins fort quand ma mère apparaissait à la fenêtre de la cuisine. Maëva crachait, débit rapide, phrases sans fin, sans respiration : « Andréa la France entière la nique elle s'en fout c'est une nympho je ne comprends pas ce que tout le monde lui trouve. » Dans ses yeux, du mépris, de l'avidité.

Il se passa du temps avant qu'on puisse se revoir, deux jours de gueule de bois, un week-end, la fin du bac des terminales, presque deux semaines en tout. Chez moi, personne ne questionnait ma fébrilité, Antoine prenait la lumière : « Comment ç'a été alors, cette spé maths ? », il montrait le sujet à mon père, ils refaisaient les exercices, ils calculaient qu'il aurait au moins 18.

Le jour des résultats des épreuves anticipées, Andréa était devant le foyer. Elle baissa la tête quand elle me vit, je marchai droit vers elle, je n'avais pas peur, pas encore.

– Salut.

Elle s'éclaircit la gorge sans répondre et me fit un signe de tête : à l'intérieur, Pierre discutait avec la CPE, il lui montrait son relevé de notes. Je déglutis mais ne me résignai pas :

– Ça te dirait qu'on se voie bientôt ?

Ma voix était nouée, un peu fausse, désaccordée. Andréa passa une main dans ses cheveux, elle renifla.

– Je ne sais pas, Max.

– Tu pourrais venir avec moi au club de tir.

Pierre fouillait dans son sac, il cherchait son carnet de liaison. J'ajoutai :

– Si ça te dit.

Pierre salua la CPE et se retourna, il se tendit en me voyant. Il avança vers nous, Andréa dit très vite :

– On verra.

Pierre lui prit la main, leurs doigts se nouèrent. Le sourire qu'il m'adressa était celui d'une hyène.

Je persistai. Personne ne m'intéressait d'ordinaire, elle était la seule et, à présent qu'elle avait posé ses yeux sur moi, à présent qu'elle avait exigé que je me laisse voir, c'était inconcevable qu'elle se dérobe, qu'elle fuie, qu'elle se terre comme un lapin. Je m'armai de patience. C'était comme à la chasse. Il suffisait d'attendre.

L'attente docile des premiers jours devint une errance, longue, pénible. J'espérais qu'Andréa se manifeste : « Hello, ça tient toujours ta proposition de tir ? », rien ne venait, et quand Maëva vint passer l'après-midi à la maison pour profiter de la PlayStation 5 que mes parents avaient offerte à Antoine pour sa mention, je dis :

– Je vais lui écrire.

À l'écran, Maëva décocha trois flèches dans un monstre de métal et tua deux hommes au couteau. La télé hurlait, ma mère vint baisser le son en râlant, les enfants qu'elle gardait dormaient encore.

– Au pire elle ne répond pas.

– Au pire Pierre te décapite.

– C'est bon, c'est juste un message.

– À tes risques et périls.

J'attendis le samedi matin. Ma chambre était sous les toits, une étuve, on captait mal. Sous la couette, les cheveux trempés de sueur, le tissu de mon pyjama collait à ma peau, mon pouce laissait sur l'écran des traces grasses. Je décidai de la jouer simple, direct, « Salut, je vais au tir à 14h, si jamais tu veux venir », pas de smiley, pas de sous-entendu. Je posai mon téléphone sur mon ventre, je tournai la tête vers le velux. La lumière qui tombait dans la pièce avait la douceur du beurre, dorée, chaude, elle faisait scintiller la poussière et l'acier chromé des coupes des compétitions de tir à l'arc et de ball-trap sur mes étagères. Je pratiquais depuis bientôt dix ans, j'étais imbattable, je voulais qu'Andréa le sache. Je voulais lui montrer que je pouvais gagner.

Mon portable vibra :

Peut-être, je te redis

Dans ma bouche, un goût d'orange.

Je me douchai vite, je m'habillai et rejoignis ma famille en bas. Mon frère était sur sa console, mon père bouquinait sur la terrasse, il était prof de maths au collège, l'année était finie pour lui aussi. Seule ma mère s'activait, les parents lui déposaient leurs gamins le matin, il fallait les nourrir, les changer, les faire dormir, les amuser toute la journée. Ils étaient trois, deux sur un tapis d'éveil, un autre dans un parc. Dans la cuisine, elle écrasait des carottes pour faire de la purée. Je mordis dans une tranche de brioche, elle sourit :

– On est de bonne humeur ce matin, à ce que je vois.

Elle me tendit une bassine d'épluchures.

– Profites-en pour aller nourrir les poules.

Je traversai la cour devant la maison pour jeter les déchets dans le poulailler. De l'autre côté de la rue, les fenêtres du corps de ferme des Delgado étaient grandes ouvertes, de la musique en sortait, un vieux truc, « *Don't want nobody, nobody, baby it's you* ». Accoudée au rebord, une fille fumait, très blonde, très blanche, elle avait l'air d'aspirer le jour. Je sursautai, elle rit, me fit un petit signe de la main et disparut.

À 13 heures, mon cœur cognait. Je me changeai, fourrai mes gants et mes lunettes dans un sac de sport, et enfourchai mon vélo, mon arc en bandoulière. Le trajet était plat, il durait vingt-cinq minutes, mes cuisses tiraient, le souffle court, noué. Je ne savais pas si Andréa m'attendrait sur le parking, si elle me rejoindrait en route, si elle viendrait après, si elle viendrait tout court.

Elle n'était pas là. J'attendis un peu, dix minutes, quinze minutes, j'écrivis : « Je rentre, on se rejoint à l'intérieur ». Je poussai la porte du club le ventre lourd, trop de salade de pâtes, trop de peur. Florence me salua à l'accueil, sourire franc, habitué. Je déposai mes affaires au vestiaire. Andréa ne répondait pas.

Je manquai de concentration, de sommeil, de confiance, je ratai tous mes tirs. Ce fut une sorte d'événement pour le club, ça ne s'était pas produit depuis plusieurs années. Dans le hall, après le cours, mon prof préféré, David, me charria : « C'est l'amour ça, Max, c'est sûr, tu nous caches un truc. » Ça ne me fit pas rire, mâchoire contractée, trachée fermée, je n'étais qu'un trait de rage et de chagrin. J'allais me défendre quand, à travers la baie vitrée, je vis le scooter d'Andréa se garer. Mon cœur rata un battement. Pierre coupa le contact et retira son casque.

Il me vit et chargea, une flèche, je n'eus pas le temps de fuir. Le verre de la porte tinta quand il la poussa, Florence se leva pour protester mais Pierre ferma ses deux poings sur le col de mon T-shirt, il me plaqua contre le bureau, il était rouge, furieux, ses cheveux balayaient son visage. Il siffla :

– Tu ne touches pas à ma meuf, t'as compris, tu nous laisses tranquilles.

Mon cerveau avait cessé de fonctionner, muscles pétrifiés, corps sidéré. Je hochai la tête, vivement, pas un mot, je voulais juste que ça s'arrête. Pierre me lâcha, cracha par terre : « Tu me dégoûtes », David cria : « C'est quoi ce bordel, là, les gosses ? C'est pas la foire ici, allez vous engueuler ailleurs ! », je ne lui connaissais pas ce ton, la colère sourde, le mépris. La honte qui me traversa me flanqua une nausée terrible. C'était absurde, cette violence, cette laideur pour deux messages, deux corps, des mains, des bouches qui se cherchent dans le noir. Pierre quitta le club dans le silence, la porte battit le vide dans son dos. Je tremblai d'humiliation.

J'essayai de joindre Maëva tout le week-end. Je voulais savoir, comprendre qui avait balancé ce qui s'était passé, elle ou Andréa. Elle ne répondit ni à mes appels ni à mes messages. Je passai le dimanche à ruminer, je m'enfermai dans ma chambre. Je m'endormis à l'aube.

Quand j'ouvris les yeux à 13 heures, j'avais deux messages.

Le premier était de Maëva, elle écrivait qu'elle préférait que je ne parte pas en vacances avec eux, que c'était mieux pour l'ambiance, pour Pierre.

Le deuxième était d'Andréa. Elle disait : « Je suis désolée ». Je répondis : « Espèce de lâche ».

4

Ma mère avait raison : depuis que les vacances avaient commencé et qu'Andréa m'avait roulé dessus, je ne foutais rien. Je restais dans mon lit, je mangeais à peine, je répondais quand on me faisait des remarques, le ton montait, je claquais la porte de ma chambre. À l'intérieur, je me sentais comme la bouilloire de la cuisine, la vapeur qui se condense sur la crédence, le sifflement perçant, il fallait un torchon, un chiffon, des gants pour m'approcher sans se brûler. Mes parents pensaient que c'était à cause d'Antoine. Ils mettaient mon attitude sur le compte de la jalousie et de la colère, mon père vint me voir un soir après une engueulade avec ma mère, il dit : « L'année prochaine, ce sera ton année, mais là, il faut faire un effort pour ton frère, c'est comme ça, c'est la vie, c'est tout. » Je repoussai la main qu'il tendit pour me frotter le dos et me réconforter, le son de ma paume sur la sienne fut mat, dur.

C'était un geste de rejet, plus violent, plus abrupt que je ne l'avais voulu. Ses épaules se contractèrent et s'affaissèrent, un mouvement contraire, une torsion de tristesse. Il s'éloigna de moi et ne m'adressa plus la parole de la semaine.

Parler d'Andréa était impossible. Impossible parce que je n'avais pas de mots pour expliquer ce qui m'arrivait, et pas de place pour les dire. Mes parents préparaient le départ d'Antoine comme on envoie son enfant à la guerre, avec appréhension, abnégation, orgueil, tous les regards qu'ils posaient sur lui étaient des regards de fierté quand ceux qu'ils coulaient sur moi suintaient la déception. Ça me foutait en rogne qu'ils s'étonnent que je prenne mal de rester derrière, de ne pas être de la fête, ce départ aurait dû être une affaire collective, familiale, mais non, la famille c'était eux, et moi, j'étais un détail, un meuble qu'on déplace ou qu'on oublie. Ça me vint un matin dans ma chambre face aux coupes remportées lors des compétitions de tir : « En fait, tu es comme ça dans cette putain de baraque, tu es un truc qui prend la poussière sur une étagère. » Je descendis chercher un sac-poubelle et jetai tous les trophées, ils s'entrechoquèrent, se cognèrent, bruits clairs, tintements de métal, des éclats de plastique quand l'un se brisait contre un autre. Le sac pesa au bout de mon bras, je le traînai dans le couloir, dans le garage, à côté de la poubelle. Assis seul à la table de la cuisine, Antoine prenait son petit déjeuner, je le trouvai ridicule avec ses lunettes et son bouquin, il était 9 heures du matin et il lisait Asimov en buvant du café, je savais qu'il trouvait ça chiant comme la pluie parce qu'on n'avait qu'un an de différence et qu'on se connaissait par cœur, mais il prenait un air inspiré, les sourcils froncés, une main sur son mug, une autre sur son livre, il leva la tête quand il me vit revenir du garage, il dit :

– Qui te met dans un état pareil, en fait ?

Je m'arrêtai, un lièvre fauché par un plomb. Dans mon dos, Antoine continua :

– T'avais une vieille trace de suçon dans le cou le mois dernier.

– Qu'est-ce que ça peut te foutre ?

– Max, s'il te plaît. Chaque fois que je te croise, j'ai l'impression que tu vas fondre en larmes, et je te connais, je sais bien que ce n'est pas à cause de moi. C'est qui ?

Mon menton trembla, je détestais ce sentiment de faiblesse et de défaite. Parler d'Andréa était impossible aussi pour ça : chaque mot qui pouvait exister était étouffé par la honte et la rage.

– C'est personne.

– Pourquoi tu ne pars plus en vacances avec tes potes ?

– Parce que ce ne sont plus mes potes.

– Qu'est-ce qui s'est passé ?

– Rien, il ne s'est rien passé.

– Tu veux en parler ?

– Non. Surtout pas. Fous-moi la paix.

Je regagnai ma chambre avec un nouveau poids dans la poitrine. Je ne m'attendais pas à ce qu'Antoine sache, à ce qu'il voie ce que je traînais, j'aurais préféré qu'il se trompe ou m'ignore. C'est facile de détester les gens quand on pense qu'ils ne comprennent rien. Quand on réalise qu'on a tort, c'est plus dur.

Ma mère vint me trouver en début d'après-midi, je relisais le tome 12 de *Berserk* en grignotant un paquet de gâteaux que j'avais chouré dans la réserve des enfants.

– Tu te fous de moi ? Tu ne bouffes rien à table et tu te gaves de sucre en douce ? T'as quel âge, Max ?

– Depuis quand tu ne frappes plus avant d'entrer dans ma chambre ?

– Commence pas à me chauffer, je te préviens. Tu sors de ton lit tout de suite, j'ai besoin que tu ailles récupérer deux valises chez Marc et Virginie.

Je soupirai, méprisai son ton, sa façon de dire « Marc » et « Virginie ».

– Pourquoi tu ne demandes pas à Antoine ?

– Parce qu'il est parti à Amiens avec ton père. Tu descends. Maintenant. J'ai trois gosses qui hurlent dans le salon et une tonne de lessive, je n'ai pas franchement le temps de négocier.

Elle claqua la porte, ça résonna dans la pièce presque vide sans les coupes, je les regrettais mais j'avais trop de fierté pour l'admettre.

Je passai par la salle de bains pour me laver les mains, je croisai mon reflet dans le miroir, je me demandai ce qu'Andréa avait pu y trouver, y voir qui lui plaise, qui lui donne envie de me plaquer contre un mur, ce qu'il y manquait pour qu'elle choisisse de se détourner de moi, ce que le corps, la langue, les doigts de Pierre avaient de plus que les miens. Leurs réseaux débordaient de photos d'eux, une explosion de bonheur partagé, d'amour lisse et contenu, le même que tous les autres couples du lycée, « mon bébé » « *mi amore* » « ma vie », ça me faisait pitié, ça me faisait envie. Chaque fois que Pierre apparaissait sur mon écran, lové dans le cou d'Andréa, j'arrêtais l'image de mon pouce, je zoomais, je chuchotais pour moi-même : « Tu lui demandes aussi, à lui, ce qu'il veut faire ? »

Je mis mes baskets et traversai la rue jusqu'au portail vert. Devant la façade, trois places de parking, une Kangoo grise y était garée. La maison comptait deux entrées, une pour les clients, une pour la famille, je sonnai à l'interphone visiteurs, j'attendis en me rongeant les ongles. Comme personne ne répondait, je tapai au carreau, je mis mes mains en coupe, appuyai mon front sur une fenêtre, personne dans le salon, personne non plus au bureau d'accueil. Je tapai encore, plus fort, la porte s'ouvrit en grinçant, j'entrai en traînant les pieds et en appelant d'une voix éteinte : « Marc ? Virginie ? C'est Max, pour les valises. » La pièce était une salle à manger, étroite mais claire, douce, un calme si franc, sophistiqué, ça me flanqua les larmes aux yeux. J'allais faire demi-tour quand je perçus des rires au bout d'un couloir. J'avançai, pas feutrés, curiosité, méfiance, ils étaient deux, leurs voix étaient étouffées par quelque chose, des mains peut-être, une fille : « Chuuuut, je crois qu'il y a quelqu'un », un gars : « Et alors ? » La fille pouffa, bruits mouillés, des bouches qui se touchent, des soupirs, les sons clairs de l'envie, du désir. Il dit quelque chose que je ne compris pas, elle rit à nouveau, et quand j'arrivai au niveau de la porte entrebâillée, je les vis.

Il était assis sur un canapé d'angle, elle en amazone, c'était la fille que j'avais vue à la fenêtre. Le jean de son short bâillait à sa taille, elle se redressa pour retirer son haut, elle irradiait, dos nu, peau laiteuse, cheveux courts, décolorés, rasés sur la nuque et lui, cheveux longs et bouclés, sombres, dérangés par ses mains. Il râla : « Aïe, arrête attends, t'es emmêlée », ils gloussèrent, la langue du garçon dans l'oreille, le cou de la fille, elle fit un bruit, je ne sais pas comment dire autrement, c'était comme un chaton, elle ronronna. Elle tira sur le T-shirt du gars, il leva les bras pour qu'elle le lui enlève, elle le laissa tomber à côté d'elle, le dessin de ses vertèbres dans son dos quand elle se pencha pour embrasser son torse, il renversa la tête sur le dossier du canapé, il sourit, pressa les doigts sur les hanches de la fille, elle remonta dans son cou, elle ondulait, louvoyait, elle demanda : « Tu as envie de moi ? » et le garçon souffla : « Oui. » Mon cœur cognait, ça m'énervait qu'ils s'embrassent, qu'ils se caressent, qu'ils soient heureux du goût qu'ils avaient et des soupirs soufflés dans la bouche de l'autre, je me souvenais nettement de la sensation du corps d'Andréa pressé contre moi, son poids, le sexe battant contre ma main, « Tu veux faire quoi ? », elle avait renoncé à ça pour des photos de couple merdiques, et eux, devant moi, ils s'aimaient comme si rien ne comptait, comme s'ils avaient le droit de profiter de ce qu'on m'avait refusé.

La porte de la cuisine claqua, le garçon et la fille sursautèrent, je m'écartai, trop tard, j'entendis le gars dire : « Sans déconner, t'as raison. »

– Max, c'est toi ?

Au bout du couloir, dans la salle à manger, la silhouette de Virginie, une cagette sous le bras. Je marchai vers elle, vite, fuir le couloir, fuir les bruits, fuir la honte. Virginie me sourit, des mèches de cheveux dorés collées à son front, des auréoles sur le tissu bleu de sa chemise.

– J'étais au jardin. Tu n'as pas trouvé Ellie ou Cosme ?

– Non.

– Ah bah, la voilà.

Je me retournai pour voir Ellie entrer dans la salle à manger, les joues rosies, les lèvres mordues, je reculai, j'avais l'odeur d'Andréa dans les narines et la tête qui tournait.

– Salut Max.

Ellie n'avait pas l'air gênée, plutôt amusée, sa voix était un peu trop grave pour la finesse de son corps, elle avait absorbé les ombres qui n'étaient pas dans ses cheveux. Elle était pieds nus, des égratignures à la cheville, les mollets et les genoux rougis par le tissu du canapé, elle avait glissé ses mains dans les poches de son jean, les pouces aux passants et le buste droit, un T-shirt ample, coupé au nombril, épaules musclées, ses cheveux étaient froissés mais son corps était un ballet de lignes tendues, j'eus envie d'en suivre tous les contours. Virginie posa sa caisse de fraises sur un meuble, se frotta les mains pour chasser la poussière et les brindilles.

– Et Cosme, il est où ?

– Il dort.

Ellie me sourit, ses yeux gris dans les miens, la couronne blanche de ses cheveux courts, je déglutis. Elle avait des anneaux aux oreilles, trois d'un côté, un de l'autre, et une barre dorée en travers du cartilage. Virginie sortit des verres d'un meuble.

– Tu lui diras d'aller mettre de l'eau à Iago et Mélusine après. Tu veux boire un truc, Max ?

– Non, non, je viens juste pour les valises, je ne veux pas vous déranger.

– Oh, tu ne nous déranges pas, on n'a personne, on part en vacances samedi. J'ai fait de la citronnade, tu veux ?

Je secouai la tête, pitié, pas les agrumes, pas encore.

– Je t'en sers un verre.

– Non merci, ça va.

– Mais si.

– Maman, arrête t'es lourde.

Ellie était rieuse, ouverte, il y avait de la malice dans ses mots. Virginie se raisonna, ni vexée ni heurtée : « Bon, bon, pas grave. » Les valises étaient à côté de la porte d'entrée, je les soulevai trop franchement pour leur poids, ça me déséquilibra, Ellie me rattrapa par le bras, sa main fermée sur ma peau m'électrisa. Je rougis, je sortis de la maison en bégayant : « Merci, au revoir. » Je me croyais en sécurité, déjà à mi-parcours, plus que quelques pas avant de retrouver la cour de mes parents, ma zone de confort, la barricade de ma chambre, quand Virginie me héla :

– Au fait Max ! Ta mère m'a dit que tu restais ici pendant qu'ils étaient à Paris avec ton frère. Tu n'hésites pas surtout, tu viens voir Ellie et Cosme quand tu veux. Hein, Ellie ?

Je me retournai, Virginie était sur le pas de la porte, les mains sur les hanches, souriante, Ellie fumait accoudée au rebord de la fenêtre, ongles courts, doigts fuselés, elle gratta quelque chose à l'angle de sa mâchoire, sous l'oreille que Cosme avait embrassée.

– Bien sûr. Quand tu veux Max.

J'étais comme un chevreuil qu'un chasseur a trouvé.

5

À 2 heures du matin samedi, mon portable vibra, une notification s'afficha : « Départ vacances ». Je me retournai dans mon lit, rabattis la couette sur ma tête, j'avais trop chaud mais tant pis, tout pour ne pas entendre le van des parents de Maëva passer devant la maison à 2 h 30, heure à laquelle ils auraient dû venir me chercher, route qu'ils étaient obligés d'emprunter pour sortir du village. Je fermai les yeux, je priai pour m'endormir, j'échouai : à 2 h 40, un bruit de moteur, la lumière des phares dessina des bandes blanches sur le plafond de ma chambre, je pensai à la story d'Andréa que j'avais vue dans l'après-midi, une photo de valise pleine, Pierre était tagué avec une pluie de cœurs. Je pensai aussi au corps iridescent d'Ellie, aux boucles brunes de Cosme, l'image m'habitait sans que je me l'explique, elle venait n'importe quand, j'étais sous la douche, elle était là, je vidais le lave-vaisselle, elle était là, je triais mes flèches et nettoyais mon arc, elle était là. C'était ça, peut-être, qui traversait Pierre et Andréa, ça qui les avait obligés à m'écarter, ça dont parlaient les films, les séries, les livres, les chansons, ça dont j'avais eu un aperçu dans le jardin, chez Dylan, et dont je ne parvenais pas à faire le deuil.

Mon ventre gargouilla car je crevais de faim, je me levai pour descendre à la cuisine. Dans le salon, mon frère jouait à la console. Je me servis un verre de lait, attrapai un paquet de Prince et le rejoignis.

– Tu avances ?

– Pfff, pas du tout, je ne fais que des quêtes annexes.

En tailleur sur le plancher, je trempai mon gâteau dans mon lait, il ramollit et tomba dans le verre, ça m'éclaboussa. Antoine pouffa. À l'écran, sa guerrière traversa une plaine luxuriante pour atteindre un village assiégé, des dizaines d'hommes que des points rouges signalaient comme des cibles. Antoine dit :

– Je suis dégoûté que tu ne viennes pas à Paris avec nous demain.

Je haussai les sourcils.

– J'ai demandé aux parents et tout, mais ils ont dit non, ajouta-t-il. J'ai un peu gueulé, j'avoue.

– Quand ça ?

– À Amiens l'autre jour avec papa, et hier avec maman. Tu étais là-haut.

Je m'assis sur le canapé, enserrai mes mollets, genoux sous le menton. Je dis, tout bas :

– Ce n'est pas grave.

– Non, ce n'est pas grave, mais c'est abusé.

Le silence tomba entre nous, une nappe, un drap lisse, seulement déformé par les sons de la télé, les bruits des machines à éliminer.

– Tu te souviens, cet hiver, le mec qui venait toujours réviser ses DST de physique avec moi à la maison ?

– Evan ?

– Evan.

– Eh ben ?

– Il m'a cassé en deux, je n'ai rien vu venir.

Antoine avait gardé les yeux sur la télé, concentré sur le combat qu'il menait, un aigle mécanique qui faisait un boucan d'enfer, il fallait courir autour, le tuer à l'arc. Ça ne me surprit pas qu'on lui ait brisé le cœur, j'avais bien senti, à Noël, qu'il était distant, triste, il avait mis la tête dans sa spé maths comme s'il fuyait un incendie. Pourtant, son partage d'expérience m'agaça. Personne ne m'avait parlé de ce qui se passait quand on vous repoussait, le vide incompressible au réveil, le souffle court dès que s'ouvrent les yeux et qu'on se souvient qu'on a raté, qu'on n'est pas comme les autres, autour, deux face au reste, face au vertige du reste.

– C'était un truc secret, personne ne savait au lycée, nulle part. Ça a duré quelques semaines, et puis je me suis fait larguer comme une merde. Je ne savais pas qu'il était possible de souffrir autant pour quelqu'un.

– Du coup, tu vas me dire que toi et moi on est pareils ?

Ma voix était dure, aussi cassante que minable, je m'accrochais à l'exclusivité de ma douleur, c'était la mienne, je ne voulais pas partager. Antoine fronça les sourcils.

– Non, pas du tout.

– Quoi alors ?

– Rien. C'est juste pour te dire qu'il n'y a pas qu'à toi qu'il arrive ce genre de trucs.

J'eus un rire méchant, trop franc pour le regretter.

– Ça va, arrête, Antoine, c'est bon.

– Comment ça, arrête ?

– J'ai compris, ta vie est mieux que la mienne, tu es meilleur que moi, même tes ruptures sont mieux que les miennes.

– Mais ça va pas la tête ?

– Je t'ai dit de me foutre la paix avec cette histoire.

Antoine étouffa un hoquet de surprise et de colère, il se mura, mâchoires serrées, les phalanges blanchies sur sa manette. À l'écran, *headshots*, flèches explosives, sa guerrière mourut, fauchée par l'oiseau de combat. Je finis mon verre de lait et remontai dans ma chambre avec la nette impression d'avoir déchiré quelque chose.

Au réveil, un goût de plomb.

Mes parents et Antoine partaient en fin d'après-midi, ma mère finissait de préparer les valises, elle allait et venait entre la cuisine et la buanderie, elle pliait des slips et des chaussettes, l'air sévère, une ride creusée entre les sourcils à force de les froncer. Elle me sourit quand elle me vit, franche, lumineuse, puis se souvint qu'elle était en colère contre moi. Je restai immobile au milieu de la pièce, les bras ballants, je n'avais pas d'énergie pour râler, pas d'énergie pour soupirer, je n'étais que fatigue et tristesse.

– Tu veux que je te fasse du thé ? dit-elle après un moment à me scanner pour trouver ce que je pouvais cacher.

Je secouai la tête.

– Je vais le faire.

– Il y a du pain de La Boîte à Gâteaux. Celui que t'aimes bien, le crunchy truc.

– Merci.

– Mange, Max.

– Je mange.

– Mange vraiment.

– Oui. D'accord.

Je versai mon eau chaude sur mon thé noir, me coupai une tartine que je mâchonnai parce que ma mère me surveillait, mais l'odeur du pain, la fumée du thé éveillèrent mon appétit, je mangeai la moitié de la miche. Ma mère s'assit en face de moi, une tasse de café entre les mains.

– Tu vois.

Je croquai dans ma dernière bouchée, tirai la langue pour lui montrer que j'avais bien tout avalé, elle sourit, c'était le même sourire que sur les photos de mes dix ans, onze ans, le sourire de maman.

– Tu veux me dire ce qui t'arrive, chat ?

Je secouai la tête, gorge nouée, tête lourde. Ma mère pinça les lèvres, pencha la tête, elle estimait ce qu'elle pouvait espérer mettre au jour.

– Est-ce que c'est grave ?

– Non.

– Bon.

Elle finit son café, déposa sa tasse dans l'évier et essuya les miettes que j'avais laissées sur la table.

– Va prendre l'air alors. Il y a du soleil.

Je sortis avec mon mug, bus mon thé à l'ombre du parasol de la terrasse. Sur les réseaux, des photos et des vidéos de Gabin et Pierre dans le van des parents de Maëva, des blagues débiles, une chorégraphie sur un parking. Le rire d'Andréa me scia en deux.

La journée passa sans heurts, je restai au rez-de-chaussée, j'aidai ma mère à ranger les courses, je mangeai en silence, sans protester, sans être désagréable. Quand la chaleur commença à tomber, j'épinglai des cartons de cible à un ballot de foin dans la grange, j'y logeai des plombs, je passai mes nerfs. Mon père me rejoignit, c'était son jeu préféré, il prenait les paris à chaque cochon grillé avec ses copains de chasse : « Cent balles que Max vous éclate. »

Autour des grandes tables, les femmes levaient les yeux au ciel mais les hommes étaient piqués. Ils faisaient monter les enchères : « Une caisse de rouge. » Mon père souriait, gonflait les enjeux : « Cent balles et deux caisses de rouge. » Je protestais, je disais que ce n'était pas juste, les hommes se gaussaient : « Ça va, Max, tu crois que tu vas nous apprendre à mettre dans le mille ? Ça fait longtemps qu'on se débrouille, demande à ta mère. » Rires gras, clins d'œil, leurs mains épaisses tapaient les plateaux de bois sur les tréteaux, les miettes dans les barbes ou sur les cols des chemises. Ils se levaient, terminaient leurs verres. Ils oubliaient que j'avais gagné au précédent repas de chasse les trois bouteilles du vin qu'ils buvaient.

– Tu vas t'en sortir pendant trois semaines ?

J'épaulai, déchirai la cible en plein centre, trois plombs à peine désalignés, puis hochai la tête. Mon père tira sur le même carton que le mien, autour. Le coffre de la voiture claqua, Antoine avait chargé les valises. Mon père posa la carabine.

– Allez, on y va. On t'appelle quand on arrive.

Je l'accompagnai jusqu'à la voiture, il s'installa au volant, Antoine était déjà à l'arrière, il ne leva pas la tête pour me voir. Ma mère m'étreignit, voix tremblante :

– Tu feras attention à toi, chat. Tu feras attention.

Elle répétait toujours deux fois les choses quand elle était stressée, quand elle voulait bien faire.

La voiture démarra, passa le portail, je la suivis en marchant, elle s'éloigna, disparut au premier virage. Une pression terrible tomba sur ma poitrine, mon diaphragme se souleva, j'avalai un sanglot profond, un bruit sale, désespéré, un bruit de solitude. Tout le monde était parti, tout s'était arrêté. Août commençait. J'avais fini de disparaître.

TOILE

6

La maison vide pesa sur mes os dès que je fermai la porte. Je restai sur le seuil, le salon à droite, la cuisine à gauche, lustrée, si propre, mon père m'avait laissé cinq billets de 20 sous un verre retourné. La fatigue qui m'écrasait gagna mes yeux. J'allumai la télé, m'écroulai dans le canapé et dormis, longtemps.

Je m'éveillai en fin de soirée, 23 h 30, treize appels manqués de ma mère, cinq de mon père, trois messages sur le répondeur du téléphone fixe, même Antoine m'avait écrit : « Rappelle franchement, les parents vont faire sauter le métro. » Au bout du fil, ma mère pleura : « Mais qu'est-ce que t'as foutu, c'est pas possible une angoisse pareille, le premier jour, Max, le premier jour. » Mon T-shirt et le coussin sur lequel j'avais posé ma tête étaient mouillés, j'avais pleuré dans mon sommeil, je lui dis de ne pas s'inquiéter, je raccrochai. Dans le frigo, un reste de pâtes, je mis l'assiette au micro-ondes, le crépitement du fromage râpé, le gras qui sèche sur les torsades. Sur les réseaux, Pierre et Andréa dans leur chambre chez les grands-parents de Maëva, c'était grand, vue sur mer, Andréa fit pivoter l'angle de la caméra vers elle, Pierre l'embrassa. Je mâchai mes pâtes, le gruyère en bloc là où il n'avait pas été mélangé. Andréa en débardeur, Andréa en maillot de bain, Andréa en pyjama, Andréa, Andréa, Andréa.

Le bruit de la télé mourut d'un coup, le noir se fit. Je levai la tête de mon écran, voulus rallumer le plafonnier, rien, la lampe sur le guéridon à côté du canapé, rien, je fronçai les sourcils, me cognai sur la table basse, pestai, tentai la lumière du couloir, j'écoutai le frigo, le congélateur, tout s'était tu, un silence au-delà du silence, un silence de caveau. J'appelai mon père. J'écrivis à Antoine. J'allumai la torche de mon téléphone, passai par la buanderie, le garage, le renfoncement au fond. Je ne compris rien au tableau de fusibles, j'actionnai des boutons dans le vide, je levai, abaissai des interrupteurs, je restai dans le noir. Derrière les fenêtres du salon, des bribes de musique, des éclats de voix, Cosme et Ellie faisaient la fête. Je jouai avec l'idée d'attendre, le courant allait revenir, la lumière allait revenir, je n'avais besoin de personne. J'entendis la voix de mon père si je lui annonçais à son retour que les gibiers stockés dans le congélateur étaient perdus. Je pris mes clés et sortis.

Je sonnai au portail vert, tambourinai sur le métal, personne ne m'entendit, foule trop dense, basses trop fortes. La porte de la maison était ouverte, j'entrai, salon vide, des vestes, des sacs à main, j'avançai vers la cuisine, elle était vitrée, elle ouvrait sur la cour, de chaque côté les dépendances rénovées pour les chambres d'hôtes, au fond une grange haute et, au milieu, là où les Ostyn avaient gardé leur fumier, la piscine, opaque, seulement percée par la lune. Je descendis les trois marches du perron, longeai le bord de l'eau, je ne savais pas ce que je foutais dans cette maison de riches, j'avais l'impression de marcher dans un piège. Dans la grange, des silhouettes dansantes, une odeur de viande grillée, des lampions de tissu accrochés aux poutres et la musique hurlant : « *BABY'S ON FIRE* ». Une fille me bouscula sans se retourner, un gars m'étreignit : « Toi, je t'adore », il recula, déguerpit : « Je vais vomir je crois. » Je tournai la tête, alerte, combien étaient-ils, tous, à beugler dans la nuit noire, à renverser leurs bières, à glisser dans des flaques de vodka ? Sur une estrade, une console, des enceintes, un ordi, deux gars concentrés, un grand blond qui pointait l'écran, un autre, plus court, mon cœur s'accéléra, il avait les cheveux longs, des boucles brunes. Il me vit, et :

– Max ?

Ellie me faisait face, un gobelet rouge dans une main, sa silhouette était brouillée par le mouvement, on me bouscula quand je marchai jusqu'à elle.

– Ça va ? demanda-t-elle.

– Les plombs ont sauté chez moi.

– Quoi ?

Je dus m'approcher, hausser la voix, parler dans son oreille, elle sentait l'alcool, la fumée, et autre chose, plus gras, vivant.

– Les plombs ont sauté chez moi, je ne sais pas comment remettre le courant.

Elle avait posé sa main sur mon bras pendant que je parlais, on était si près, sa poitrine frôla mon T-shirt, un épi de cheveux blancs chatouilla mon nez quand elle se pencha pour répondre :

– T'es un sniper mais tu ne sais pas changer un fusible ?

Je frissonnai, comment savait-elle, j'essayai d'ignorer les plaques rouges qui coloraient mon cou.

– Non.

Elle rit, je ne l'entendis pas, la musique était trop forte.

– Attends-moi là, j'arrive.

Qu'elle s'éloigne fut un arrachement absurde, je réprimai mon envie de la retenir, attends, s'il te plaît, je veux rester dans l'odeur de ton cou et des racines de tes cheveux, je ne pense pas pouvoir respirer dans cette foule saoule sans ton corps à côté. Je la perdis de vue un moment, elle réapparut sur l'estrade, elle se faufila derrière Cosme, se colla à son dos, glissa ses cheveux derrière son oreille pour lui parler. Il leva la tête vers moi, s'humecta les lèvres, je n'en pouvais plus de l'odeur carnée du barbecue, les pièces de mauvaise viande sur les grilles trop chaudes. Ellie embrassa Cosme. Je pris la fuite.

Elle tapa à la fenêtre de la cuisine cinq minutes plus tard.

– J'ai trouvé la boîte à fusibles de mes parents. Il est où, ton tableau ?

Je marchai devant elle, je n'osais pas me retourner, elle allait disparaître peut-être, la pénombre avalait son corps, ses couleurs, la maison ne connaissait pas son pas, sa façon d'ouvrir l'air, le plancher, les portes grinçaient. Au fond du garage, je lui montrai le tableau électrique. Elle passa devant moi.

– Tiens-moi ça.

Elle me tendit la boîte, fronça les sourcils. La torche de mon portable éclairait un peu de la blancheur de son cou, la bosse du nez, la ligne de son front, si près de moi, un demi-profil, une virgule de lumière dans la nuit. Au plafond, l'ampoule grésilla, clignota, se stabilisa. Le frigo se remit en marche, le micro-ondes, le son de la télé. Ellie se frotta les yeux, éblouie, et j'eus honte, soudain, d'être si visible, si inutile, je ne me souvenais plus si je m'étais lavé les dents le midi. Il y eut un flottement, j'avançai, elle avança en même temps, on se cogna : « Pardon », « Excuse-moi », « Après toi. » Dans le salon, toutes les lumières étaient allumées, la nuit était rompue. Je cherchai une excuse pour la retenir, elle dit :

– Ah mais c'est *Les Princes de l'amour* !

À la télé, une villa, des corps lustrés, deux filles aux cheveux plats se griffaient les bras, des hommes voulaient les séparer. Ellie s'était penchée sur le canapé, accoudée au dossier.

– Tu regardes ?

– Des fois.

– J'adore.

– Ah bon.

Elle rit, ce n'était pas pour moi, c'était ce que disait un gars à la télé, face caméra, il faisait de grands gestes, il s'exclamait : « Elle a pété un plomb ! » avec un accent du Sud un peu forcé.

– Ils en sont où Jordan et Noémie ?

– Où ça ?

– Dans la villa.

– Je ne sais pas.

– Ils n'arrêtent pas de s'engueuler, ils me fatiguent.

Elle contourna le canapé pour s'asseoir, je déglutis, je n'osais pas bouger.

– Tu n'aurais pas du thé ? Un truc chaud ?

– Si.

– Ça te dit ?

– Tu ne retournes pas à ta soirée ?

Elle se redressa, se retourna, il y avait une tache foncée dans son œil gauche, vert, brun, une couleur de forêt.

– Tu préfères que je parte ?

– Non.

Elle sourit, elle m'offrit quelque chose à ce moment, pas une invitation, pas encore, plutôt une étincelle, un éclat minuscule de ce qu'elle était loin des autres. Je mis l'eau à chauffer, jetai des feuilles séchées dans une théière, mes mains tremblaient. Je remplis deux tasses que je portai jusqu'à la table basse. Dans le canapé, Ellie avait croisé les mains sur son ventre, sa peau plissait au-dessus de la taille haute de son jean, je détournai les yeux, me décalai, j'avais peur de sentir mauvais.

– Cosme ne va pas venir te chercher ?

Elle haussa un sourcil.

– Pourquoi il viendrait me chercher ?

J'aurais pu dire : « Parce que Pierre est venu chercher Andréa quand elle a fui la soirée, la foule, le bruit, quand elle s'est cachée avec moi pour me retourner la tête », mais je me tus. Ellie se pencha pour attraper sa tasse, elle la serra dans ses mains, y appuya sa joue.

– Cosme est bourré. On est tranquilles.

Plus tard, bien plus tard, je me réveillai en nage, je frissonnais, de l'eau plein le nez, Ellie était à genoux face à moi, elle me caressait la tête, elle chuchotait : « C'est tout, ça va passer, c'est tout. » Je pleurais si fort, je ne savais pas que c'était possible, s'endormir, se noyer dans ses sanglots. Je voulus parler, elle me coupa : « C'est rien, chuuut. » Les contractions de fièvre, les reniflements, les borborygmes, je paniquai, je ne respirais plus.

– Je ne sais pas ce que j'ai.

– Laisse passer, il faut que ça sorte.

– J'ai froid bordel, j'ai tellement froid.

Elle s'allongea dans mon dos et me serra contre elle.

– Ça va passer.

Je m'accrochai à ses mains et je pleurai, longtemps, hors d'haleine, c'était comme purger quelque chose. Le chagrin me laissa vide, une ruine. Ellie desserra son étreinte, je me retournai, je voulais rester contre elle. Elle m'accueillit sur son épaule, dans son cou, je crois qu'on s'embrassa, ou pas, je ne sais plus. Il me semblait que la perdre serait pire que tout.

7

Au réveil, une barre dans le crâne, un poids en moins.

Volume réduit, Ellie regardait la télé, les yeux las, une tasse posée sur un genou. Le jour la rendait moins rutilante, plus normale, la silhouette claire dans la lumière, le corps détendu, une main molle, paume vers le ciel. Elle vit que je l'observais, changea, une série de microsecousses, de micromouvements, je retrouvai le trouble qu'elle m'avait inspiré. L'effet fut moins magique que mécanique, il me laissa une impression étrange.

– Ça va mieux ?

Je hochai la tête, me redressai. Elle tapota sa tasse de l'index.

– Je me suis servie, j'espère que ça ne t'embête pas.

– Non.

– Tu en veux ?

Je déclinai, me levai, je m'éloignai car je ne voulais pas parler, je ne voulais pas me demander si j'avais rêvé le baiser ou s'il avait eu lieu, il me restait un goût salé, marin. Je fis chauffer l'eau, omoplates serrées, j'attendais qu'elle vienne, m'interroge : « Qu'est-ce qui s'est passé hier ? » « C'est pas normal de chialer autant, tu devrais aller voir un psy » « Pourquoi tu m'as embrassée, t'es malade, j'ai un mec, il va te casser la gueule. » La bouilloire siffla, pas de messages de mes parents ou d'Antoine, pas de posts d'Andréa, Pierre, Maëva, Gabin. Dans le canapé, Ellie avait reporté son attention sur la télé. Elle se tenait plus droite depuis que j'étais debout, la nuque longue, les épaules basses, moins un corps qu'une statue. Elle se tourna vers moi, je préparai ma défense. Elle sourit.

– Ça te dit de passer la journée avec nous ?

J'avais cru à une horde, la veille, dans la grange, je découvris qu'ils n'étaient qu'une dizaine. La maison était un champ de ruines, odeurs de sommeil haché, de shit, d'alcools mélangés, deux gars et une fille faisaient le ménage, fenêtres ouvertes, ils serrèrent Ellie dans leurs bras : « Comment ça va ? » « T'étais partie ? » « Cosme a chouiné avant d'aller se coucher, blablabla elle est où, blablabla elle va m'abandonner, blablabla elle est trop bien pour moi. » Ellie rit : « Il peut rêver, jamais je ne l'abandonne. » L'évidence de son ton me fit comme un pincement.

Je posai mon portable et mon maillot de bain dans le salon et la suivis dans la cour, elle fit coulisser une lourde porte au fond de la grange. Derrière, un potager, une allée, et au bout, la pâture. Les chevaux levèrent la tête en nous entendant arriver, ils marchèrent d'un pas lent, ample, les genoux noirs de boue séchée et de poussière, les crins emmêlés, les yeux sûrs. Ellie ouvrit la grille, tendit la main pour accueillir sur ses doigts le souffle chaud des naseaux du premier, gris, haut : « C'est Iago », dit-elle en collant son front au chanfrein du cheval. Derrière, un modèle plus fin, nerveux, encolure haute, oreilles tendues : « Et ça c'est Mélusine. » Je m'accoudai aux barrières pendant qu'elle préparait des seaux de granulés et qu'elle mettait du foin. Elle chassa Mélusine quand la jument voulut voler la portion de Iago, elle vérifia le niveau d'eau et s'assit au bord de l'abreuvoir. Une minute passa, un gouffre, son visage de profil, le nez un peu fort, cassé, la courbe de sa joue. Elle était si belle, je n'avais jamais vu une fille pareille, ni au lycée ni ailleurs. Je la trouvais à vif.

À 14 heures, quelqu'un demanda s'il y avait un McDo dans le coin. Je dis :

– À Montdidier.

– C'est loin ?

– Non.

Deux garçons prirent les commandes et partirent avec la Kangoo de Marc. Je m'assis au bord de la piscine, bleu nuit à cause des motifs du carrelage, un bassin d'encre sous le soleil. Ellie avait disparu, elle prenait sa douche. Un filet de musique tomba d'une fenêtre de l'étage, une voix robotique : « Tu me rends faible, j'dois partir, je voulais mourir sous tes lèvres. »

– Ah, Cosme se réveille, dit une fille blonde sur un transat, le visage mangé par ses lunettes de soleil.

Je guettai la porte de la cuisine. J'avais peur de le voir apparaître.

Autour, une indifférence sereine. Deux filles somnolaient, un trio discutait, ils parlaient de choses, de gens que je ne connaissais pas, j'écoutais sans participer, je restai à l'écart, je ne savais pas comment me tenir. On m'adressa peu de questions, seulement des mots calmes, des sourires honnêtes, sans complaisance : « Tu t'appelles comment ? » « Tu habites ici depuis longtemps ? » « Ellie nous a dit que tu tirais à l'arc, c'est beaucoup trop cool. » J'acquiesçai : « Oui, je vous montrerai si vous voulez tout à l'heure », exclamations, enthousiasme : « Ah mais vas-y, grave », et dans ma tête : Ellie a parlé de moi, Ellie a parlé de moi, Ellie a parlé de moi. Je craignis la suite, les interrogations, les sous-entendus : « Du coup, qui a tiré qui hier soir ? » mais personne ne me demanda de comptes, personne, en fait, ne demandait de comptes à personne dans ce groupe. À leur retour du McDo, les deux garçons posèrent mes nuggets et mes frites sur la grande table de la grange à côté des leurs, la fille blonde de la piscine m'invita à m'asseoir à côté d'elle. Ellie reparut :

– Dites donc, qui voilà.

Les poils se dressèrent sur ma nuque, un grésillement, je me tassai sur le banc. Il était plus petit qu'Ellie, il compensait par un port de tête haut, il regardait tout par au-dessus. Teint hâlé, les yeux sombres, trapu quand elle était si mince, un spectre, et lui, un corps de chair. Ils se tenaient la main, il se massait les tempes, il s'assit en bout de table avec une infinie précaution et poussa un râle : « Pourquoi on fait ça, putain, pourquoi ? » Ellie lui tendit son gobelet de Coca, il aspira le liquide par la paille comme un enfant ou un vampire, je voulus me cacher derrière la fille blonde dont je n'avais pas retenu le prénom mais elle se leva pour répondre au téléphone et mes yeux croisèrent ceux de Cosme. Un coin de sa bouche s'étira, un rictus, il passa une main dans ses cheveux pour dégager son visage, nez droit, mâchoire dure, cou épais et court. Les mèches retombèrent doucement, du goudron sur le blanc de son T-shirt froissé, il dit :

– Salut Max.

Voix veloutée, une onde calme, il mangeait la fin de ses mots.

– Salut.

– Il paraît qu'on s'est déjà vus.

Je me mordis la langue, luttai pour ne pas baisser la tête.

– Aperçus, seulement.

Le rictus grandit, un demi-sourire, du venin doux. Il restait du noir et du fard au coin de ses yeux, des paillettes de mascara séché, il croqua dans un cheeseburger, suça le ketchup qui coula entre son pouce et son index, le vernis de ses ongles s'écaillait. Ellie embrassa son épaule, l'air sécha mon palais. Je ne savais pas lequel des deux je voulais le plus.

Quand ma mère avait commencé à garder des enfants, elle avait décrété que Léon ne pouvait plus entrer dans la maison. C'était un drahthaar gris qui bavait partout, il sentait le poil mouillé, ça insupportait les parents qui laissaient leurs gamins le matin. Mon père avait refusé de parquer son chien dehors, ils s'étaient engueulés, longtemps, beaucoup : « Tu me fais chier avec ton clébard et ta chasse Fabrice t'es pas le seul à avoir une vie je sais pas si t'es au courant », « Mais t'as pas besoin de bosser Sabine putain », « Ah oui donc c'est toi qui décides de ce que je fais en plus bientôt je vais devoir te demander l'autorisation pour aller à la banque aussi ? » Mon père avait cédé, il avait donné son chien à des copains du groupe de chasse, Stéphane et Marie, ils habitaient trois rues plus loin, on les voyait souvent. Chaque fois qu'on arrivait, Léon courait vers nous, les griffes noires, l'haleine épaisse, je plongeais mes doigts dans sa tignasse rêche, c'était l'enfance. À l'autre bout de la pièce, le chien de Stéphane, Vlad, un setter gordon de quatre ans, massif, galop franc, cri sûr à la chasse, indifférent ailleurs, il me fascinait. Léon s'ébrouait, il calait sa truffe entre mes cuisses, il me regardait comme s'il était le seul à me voir, je posais mes mains sur ses yeux, je guettais chaque mouvement de Vlad, couché près du poêle, il soupirait quand on passait à côté de lui, il ouvrait un œil, ses pupilles noires nous scannaient, opaques, on ne savait pas ce qu'il voyait, un chasseur ou du gibier.

Allongé sur le ventre au bord de la piscine, Cosme me faisait penser à ce chien. Ellie était couchée à côté de lui, la tête dans le creux de son dos, elle avait sorti des aiguilles à tricoter, de la laine, elle lui parlait, il répondait des mots sans intérêt : « Tu crois » « Je ne sais pas » « J'aime bien cette couleur. » Il ferma les yeux : « Je me sens tellement mal, je me déteste », elle rit : « N'en fais pas trop quand même. » Il bougea, se tourna sur le dos, elle posa sa tête sur son torse et lui prit la main pour la faire glisser le long de ses côtes. Le grésillement revint, je tournai la tête. Sur ma langue, un goût d'algues.

Autour, des conversations éparses, futiles, ils s'appelaient Vadim, Aude, Cam, Chris, John, MJ, ils avaient entre dix-neuf et vingt-deux ans, ils s'étaient rencontrés au lycée, à la fac, en manifs, Chris et Cosme étaient sortis ensemble en seconde, l'ex d'Ellie lui avait écrit la veille : « J'espère que ton mec te pourrit la vie ». Aude murmura : « Oh mais non, choupette, je suis désolée », Ellie haussa les épaules : « Elle est cinglée, je m'en fous. » Chris lisait les messages d'insultes qui suivaient le premier : « C'est fou, "*ton* mec", "*ta* pute", "*ton* enfoiré de bâtard de mec", genre t'es la propriétaire du gars. » Cosme rit : « Je te sortirai le certificat d'acquisition si tu veux », je revis Pierre et son crachat, « Tu ne touches pas à *ma* meuf », je m'entendis ajouter : « Mon oncle est notaire, il vérifiera que tout est en ordre. » Vadim et Ellie rirent très fort, Cosme souffla : « J'ai mal au crâne, ne me faites pas rigoler comme ça », j'eus un sourire d'orgueil, je savais qu'Antoine n'aurait pas osé faire cette vanne. Ils parlèrent d'un concert où ils étaient allés au printemps, « C'est quand les inscriptions à la fac ? », « Pourquoi tu parles de la fac maintenant on est le 6 août », « Tu vas coudre Ellie cet été ? », « Je ne sais pas, je n'ai pas trop envie de penser au boulot en ce moment. » Cam montra des photos du nouveau mec de sa sœur, un gars tout lisse, bien peigné, bien habillé : « Je te jure, le toboggan hétéro, ça fait peur. » Je pensai à mes parents, le calme de mon père, le silence de ma mère, je pensai aux photos de Pierre et Andréa. Je m'aperçus que j'avais laissé mon téléphone dans le salon, je me levai pour aller le chercher.

– Tu reviens, Max ? demanda Ellie.

Je tanguai un peu.

– Oui, j'arrive.

Andréa me sembla si loin.

En fin d'après-midi, Cam, Vadim et Aude rentrèrent à Paris en voiture. Les autres rassemblèrent leurs affaires, Ellie devait les emmener à la gare. Ils me saluèrent : « On revient pour l'anniversaire d'Ellie dans dix jours, tu seras là ? » Je dis oui, OK. Ellie se frotta les yeux, bâilla, Cosme était retourné se coucher. Je traversai la rue pour rentrer chez moi.

J'appelai mes parents. Ils avaient fait du repérage, ils s'étaient baladés, ils avaient mangé à une terrasse trop chère et bu un milk-shake au Sacré-Cœur. Il y avait du monde, des touristes. Ils étaient fatigués.

– Et toi, ta journée ?

– Rien. J'étais chez les voisins.

– Le courant, c'est bon ?

– Oui.

Sur les réseaux, toujours les mêmes filtres, toujours les mêmes paysages, le même angle, une plongée légère, Andréa tenant l'appareil, Pierre embrassant sa joue, plus d'excès, de débordements, il l'avait dressée. Gabin m'écrivit, il voulait savoir comment j'allais.

Ça va, et toi ?

Ça va. Il fait beau, la maison est cool.

Je likai sa réponse pour couper la conversation. Il insista :

Tu vas faire quoi pendant tes vacances du coup ?

Je l'ignorai.

Je mis du grain aux poules. En face, la Kangoo était revenue, garée devant le portail, les fenêtres fermées, les rideaux tirés, de la lumière au travers. J'hésitai à y retourner, j'avais peur de forcer. Je me demandai si Cosme était levé, s'il mangeait le wrap qu'Ellie avait gardé pour lui, s'il savait, pour cette nuit, pour le baiser. Peut-être avait-elle prévu une excuse, peut-être lui dirait-elle : « J'étais franchement bourrée, on passe à autre chose », ou peut-être qu'elle ne dirait rien, que nous allions taire ce moment flou jusqu'à l'oublier ou, en tout cas, prétexter l'oubli, comme Florian, dans ma classe, chaque fois que Mathilde paraissait devant lui, chaque fois qu'ils se croisaient à la récré, dans les couloirs, chaque fois qu'il pouvait, il disait : « Je l'ai embrassée à ma soirée d'anniversaire il y a deux ans, je ne m'en souviens pas, c'est ouf. » On prenait un air entendu, on ricanait : « C'est qu'elle ne devait pas être très douée », on jouait la duperie comme il jouait l'amnésie. C'était facile car il n'y avait rien, entre Florian et Mathilde, rien, entre Ellie et moi, rien qui soit racontable, qui pèse dans une balance, qui mérite un jugement. On ne condamne pas les gens pour des murmures dans un salon, une crise de larmes, un baiser sans certitude. Pour quinze messages entre 22 heures et 23 h 30.

Car elle m'écrivit, ce premier soir. Elle me trouva sur les réseaux dans la soirée, je regardais des vidéos de ball-trap. C'était des messages innocents, prévenants, « j'espère que tu as passé une bonne journée » « tes poules sont pas mortes de faim » « lol non les chevaux non plus » « ça se prononce Cosse-mé mais ça s'écrit Cosme » « c'est italien il paraît » « et il va bien c'est gentil de demander » « on va se faire un film et pas se coucher tard ». Pas de majuscules sauf aux prénoms, pas de smileys, des points d'interrogation tardifs, envoyés après la question. Il se passait plusieurs minutes avant qu'elle me réponde, avant que je lui réponde, on jouait la distance, l'indifférence. Ce n'était rien. Rien de s'écrire. Rien de dire : « Fais de beaux rêves. » Rien qu'elle réponde : « À demain ».

8

Mon année de quatrième avait été compliquée, harcèlement, décrochage scolaire, crise d'adolescence. C'était l'époque où sortir avec quelqu'un devenait plus qu'une idée, on n'était plus soi, on était célibataire. Dans la cour, les gars faisaient des commentaires salaces quand les filles passaient, les filles cultivaient des gestes et des vocables nouveaux : « J'ai des valeurs » « Je veux me poser » « Je veux un homme sérieux ». Les jeux d'enfant disparurent, il fallait faire couple, c'est-à-dire qu'il fallait se trouver un binôme, se tenir la main, s'emmerder au grec, se baver dessus dans le bus. Cette mutation me surprit. J'eus l'impression d'arriver un matin et d'avoir raté une étape, je devais danser une valse dont je ne comprenais pas les pas. J'acquis la réputation d'être bizarre, j'en souffris beaucoup, et parce qu'il y a du bonheur dans la souffrance des autres à l'école, je le payai cher. Trois mecs me prirent en grippe, ils se moquaient chaque fois que quelqu'un venait me parler, ils faisaient des bruits de bouche quand j'attendais mon père devant la salle des profs le soir, ils répandirent des rumeurs sordides, j'étais une proie, un gibier, ils étaient les chasseurs. Même Gabin se détourna de moi. Il m'épingla lors d'une récré, un après-midi : « Pourquoi tu me suis toujours partout, putain, tu me fous la honte. » Il regretta ses mots dès qu'il les prononça, il vint me voir chez moi le soir, il s'excusa.

En juillet, on partit en vacances sur la Côte d'Azur chez Vanessa, la sœur de mon père, et son mari, Franck. Je n'aimais pas ces gens, je n'aimais pas mes cousins, Paul, Agathe, Baptiste, je n'aimais pas leurs vannes, leurs remarques grivoises, je n'aimais pas qu'ils soient plus riches que nous et qu'ils me le fassent savoir chaque fois que je sortais un vêtement de ma valise. Les conversations étaient déjà tournées vers Antoine : il venait d'avoir son brevet, il devait s'orienter, c'était ridicule, cette formule, s'orienter, s'orienter vers quoi ? Franck avait son avis sur la question, il nous rebattait les oreilles avec ses idées de plans de carrière à tous les repas : « L'informatique, Antoine. Je le vois au bureau, ça parle code, dev, javascript, web, c'est l'avenir. Fais des études pas trop longues pour ne pas coûter trop cher. Mais longues quand même, pour que tes employeurs sachent ce que tu vaux. » Mon frère gardait les yeux sur un point quelconque, loin, ma mère se taisait, mon père opinait du chef. Chaque fois qu'elle se levait de table, mon oncle caressait les fesses de ma tante, ça me sortait par les yeux. Je vomis un soir. On était à l'entrée, je ne sais plus ce qu'on mangeait, un haut-le-cœur violent me secoua, j'eus le temps de m'éloigner, de courir, je gerbai mes tripes dans les hortensias. Mes cousins gloussèrent, dégoûtés, mon père haussa la voix pour m'engueuler, mon oncle railla : « Je vous plains, mes pauvres, qu'est-ce que vous voulez faire d'un truc pareil ? » Ma mère lui jeta son verre de vin au visage, sa voix claqua : « Tu la fermes maintenant. Tous les deux, vous la fermez. » Mon oncle et mon père s'assirent, humiliés.

Paul, Agathe et Baptiste avaient une bande de potes avec qui on allait à la plage, on descendait la rue, on passait par un chemin un peu escarpé et la mer s'ouvrait devant nous. Les pieds dans le sable, des grappes d'ados buvaient de l'alcool fort à la bouteille, il y avait un feu de camp parfois. Mes cousins levèrent une meuf en deux jours, Antoine aussi. Il détestait cette plage et ces filles mais, à l'époque, je l'ignorais.

– Pourquoi moi je n'y arrive pas ?

Ma mère était dans le jardin, les jambes étendues sur une chaise, elle lisait.

– À quoi ?

– À faire comme eux, tous ils sont avec quelqu'un.

Elle baissa ses lunettes de soleil.

– Pour quoi faire ?

Je soupirai, rougis un peu. Elle posa son livre.

– Qu'est-ce qu'ils font ?

– Rien.

– Max, je ne suis pas née au XIIe siècle, qu'est-ce qu'ils font ?

– Rien, je ne sais pas, ils se touchent, ils se galochent, voilà.

– Est-ce que ça t'intéresse, ça ?

– Je ne sais pas.

– Ça va durer dix jours et après, ils n'auront plus rien à se dire, ils seront bien emmerdés. Ça te fait vraiment envie ?

– Non.

Elle écrasa sa cigarette dans le cendrier, reprit son bouquin.

– Laisse tomber ces histoires de cul, Max. Ils font ça parce qu'ils ont peur.

Cosme savait très bien quel spectacle il était, je le compris dès que je le vis bouger. J'allais avec lui acheter du pain, la boulangère rougissait s'il faisait une blague sur la forme des brioches, elle riait un peu trop fort, elle perdait le compte de la monnaie qu'elle lui devait. À Intersport, les vigiles le suivirent des yeux quand il demanda où étaient les gants de boxe, ils lorgnèrent ses jambes, ses fesses, ses reins, ils se reprirent avant de s'avouer ce qu'ils avaient senti. Cosme avait le flirt facile, le sourire magique des gens qui n'ont rien à faire pour être, il émanait de lui quelque chose de léger en même temps que de très dangereux. Il parlait fort, riait fort, il prenait la place qu'on lui donnait, c'est-à-dire tout l'espace. Il était comme la musique. Il se diffusait partout. Il restait dans la tête.

– On va courir demain, Max ?

Il avait nagé pendant une heure, son maillot était bas sur ses hanches, c'était une torture.

– Oui, peut-être.

– On court à la fraîche le matin. Je viens te chercher.

– On verra.

En tailleur sur un drap de bain, Ellie tricotait, dos droit, nuque courbée, seuls ses doigts bougeaient, rapides, précis, les mailles passaient d'une aiguille à l'autre sans discontinuer. Elle m'avait montré comment elle faisait pendant que Cosme enchaînait les longueurs, elle s'était assise en face de moi, elle avait ralenti son geste, une maille à l'endroit, une maille à l'envers, une maille à l'endroit, une maille à l'envers, et sur le tour d'après le contraire, une maille à l'envers, une maille à l'endroit, c'est du point de riz, et après je fais la dentelle, deux mailles ensemble, jeté, trois mailles, deux mailles, jeté, diminution, jeté, une araignée qui tisse une toile. Cosme s'assit à côté d'elle, elle râla : « Ma laine, bordel, tu fous de l'eau partout, tu sais combien ça coûte, toi, du yak ? ». Il s'excusa, le rire dans la voix, il embrassa son bras, son cou, elle fit mine de se dérober mais sourit, il appuya son front sur son épaule, ses cheveux gouttaient sur ses cuisses, il eut un soupir d'aise, de confiance. Il s'allongea, elle déplia une jambe, la posa sur la sienne. Je pensai aux messages qu'on s'était envoyés cette nuit et ce matin :

j'ai une grande sœur mais je la connais mal, je l'ai perdue de vue quand j'étais au lycée

Des fois, je déteste mon frère

pourquoi

Je sais pas

Il est juste normal

tu as des nouvelles de tes parents

Bof, ils sont occupés

ils te manquent

?

Non

Comment tu savais que je faisais du tir ?

ta mère me l'a dit

Quand ça ?

une fois où on s'est croisées

Ça fait combien de temps que tu es avec Cosme ?

un an

un peu plus

Tu l'aimes ?

oui

toi tu as quelqu'un

?

Non

tu viens aujourd'hui
?
Oui quand vous voulez
viens
maintenant

Le matin du footing, je m'observai avec attention dans le miroir de la salle de bains et trouvai des détails, des bouts de moi dont je pensai qu'ils pouvaient faire leur effet, le grain de beauté sur ma tempe, la fossette sur ma joue quand je souriais d'une certaine façon, les paillettes dorées de mes iris quand on s'approchait très, très près. Je n'avais pas bougé depuis le début de l'été, mes poumons piquèrent, Cosme me largua dans une montée quand un point de côté me saisit, je grimaçai, crachai, il se retourna : « Courage Max ! » Je pensai : « Je suis littéralement en train de lui courir après », je revis le message d'Ellie, à l'aube : « Cosme est une furie ne te fais pas mal ».

Au sommet de la côte, je m'assis sur le bas-côté puis m'allongeai pour reprendre mon souffle, le chaud du goudron, le relief des graviers sous ma tête, dans mon dos. Il s'assit à côté de moi, me tendit sa poche d'eau. Je dis :

– Tu veux me tuer, en fait.

Il rit, s'étendit à mes côtés. J'étais hors d'haleine, je transpirais, les jambes molles, des fourmis dans les pieds, nos genoux se touchaient. J'avais une conscience accrue de mon corps. Je dis, pour le taquiner :

– Je vais me venger, je te préviens.

Il tourna la tête vers moi, son souffle sur ma joue, un courant me traversa, je pressai les paupières pour chasser son image, les contours flous de son visage au coin de mon œil, une voiture passa, nous klaxonna. Cosme se releva, s'étira, la peau de son dos apparut, la ligne de sa taille sous son T-shirt.

– On rentre ?

Il tendit la main pour m'aider à me relever. Je la pris. La lâcher me coûta.

Il m'accompagna au club de tir le lendemain. Je poussai la porte avec appréhension, David siffla et dit, moqueur, soulagé :

– De retour d'entre les morts, Max.

Je rougis, marmonnai que j'avais été malade, le nez dans mes baskets. David m'avisa en silence, puis avisa Cosme.

– Il ne va pas t'attraper par le colback, te hurler dessus et cracher par terre celui-là ?

– Non.

– Bien.

J'aidai Cosme à choisir un arc dans la réserve visiteurs, je lui expliquai la main de corde, la main d'arc, le viseur, la ligne de tir, je lui montrai le point d'encochage, comment positionner sa flèche, comment la libérer, je touchai ses épaules, son coude pour les aligner, son dos pour qu'il se redresse, son ventre pour qu'il gaine, les appuis, ancre-toi, concentre-toi. C'était difficile, il fallait respirer doucement, s'écouter, faire le vide, l'immobilité ne lui convenait pas. Il renonça sans orgueil, s'assit derrière moi pendant que je m'entraînais. Je réalisai mon meilleur score depuis longtemps.

On rentra en Kangoo, route dégagée, quelques grands-mères aux fenêtres, les premiers verres qu'on pose sur les tables de jardin pour l'apéro. Cosme se gara, descendit de la voiture, les mains dans les poches, les cheveux rassemblés en une boule lâche. Des mèches s'en échappaient. Dans la lumière, elles avaient des reflets pourpres.

– C'était quoi, cette histoire de gars qui t'attrape par le col, tout à l'heure ?

– Ce n'était rien.

– Ça n'avait pas l'air.

– Un pote, j'ai embrassé sa copine pendant une soirée, il est venu me choper au club pour m'engueuler.

– Devant tout le monde ?

– Oui.

– Pas cool.

– Je n'aurais pas dû.

– Ça n'excuse pas la violence.

– Il n'a pas été vraiment violent.

– Un mec qui t'attrape par le col, qui te hurle dessus et qui te crache à la gueule est un mec violent. Je sais de quoi je parle.

– À cause de la boxe ?

– Non.

Il chassa un taon de sa nuque, le silence tomba, on entra dans la maison.

– Elle s'appelait comment, la meuf ?

– Andréa.

– Et le gars ?

– Pierre.

Cosme traversa la cuisine. Ellie était au fond de la cour, elle revenait de l'écurie.

– T'as dû sacrément lui faire peur, dit-il en descendant les marches. Pour qu'il réagisse comme ça.

Je m'arrêtai, Cosme se retourna, il eut un mouvement vers moi, renonça, et je ne sais pas pourquoi, je compris qu'il s'empêchait d'avancer. Un vent léger se leva, je frissonnai. Je dis :

– Et toi ? Tu as peur de moi ?

Il sourit, passa sa langue sur le tranchant de ses dents, la décharge qui me prit à ce moment, je palpitai jusqu'au fond des reins. Un petit rire s'échappa de sa gorge, gêné, touché. « Max la menace », souffla-t-il en reculant avant de courir jusqu'à Ellie.

9

En dehors des moments où j'étais avec lui et Ellie, Cosme m'ignorait. Je l'avais ajouté sur les réseaux, j'avais trouvé des prétextes pour lui écrire, lui envoyer des vidéos de course, de boxe, lui demander s'il connaissait tel ou tel groupe, il répondait poliment, il ne relançait pas la conversation. Ça me froissait tout en m'excitant car chaque fois que j'apparaissais, chaque fois que je les rejoignais pour manger, chaque fois qu'il voulait me faire écouter un truc, il laissait sa bouche sur ma joue une seconde de trop pour me faire la bise, il trouvait ma cheville avec son pied sous la table, il frôlait mes doigts quand je prenais le casque qu'il me tendait, il disait : « Écoute ça » et j'entendais : « On pourrait peut-être, à l'horizontale ».

Est-ce que Cosme sait qu'on se parle ? écrivis-je à Ellie un soir, je venais de me coucher. Elle ouvrit le message, mit du temps à répondre :

il sait qu'on s'écrit
pas qu'on se parle
tu veux que je lui dise
?

J'eus peur que tout s'arrête. Je répondis :

Non

Depuis ma crise de larmes, Ellie n'avait plus posé la main sur moi, ni moi sur elle. C'était plus de la pudeur que de l'indifférence, il y avait comme un pacte : nous respections nos espaces, nous nous observions de loin, nos corps devaient s'apprivoiser. La distance nourrissait mon envie, on se cherchait à la faveur de prétextes absurdes. Elle avait installé son atelier dans une pièce non rénovée, murs bruts, traits de crayon sur l'enduit, elle me montrait ce qu'elle cousait, je suivais le chemin de ses doigts sur les tissus. J'appris des mots : double gaze, guipure, sergé, le jersey des marcels blancs qu'elle portait parfois, les emmanchures échancrées soulignaient la courbe de ses épaules, la ligne ferme de ses biceps, le relief discret de ses tétons sous le maillage. Je la regardais couper un patron ou s'asseoir en tailleur quelque part, elle entortillait des fils dans sa main pour tricoter et j'imaginais des scénarios impossibles, je m'isolerais dans le salon et elle s'écraserait sur moi, nous irions nourrir les chevaux et je me jetterais sur elle dans l'écurie, Cosme irait courir et nous coucherions ensemble dans une des chambres, il reviendrait plus vite que prévu, elle s'accrocherait à mon cou, elle me tiendrait, elle dirait : « Non, je ne veux pas que tu t'arrêtes. » Les images que j'inventais me gênaient, je les chassais et les convoquais dans un même geste, la honte autant que le ravissement.

En réalité, la proximité était ailleurs. La nuit, le matin, quand je n'étais pas chez elle, nous nous écrivions frénétiquement. Elle était drôle, attentive, elle faisait des blagues nulles, elle n'esquivait aucun sujet. Elle aurait vingt ans dans six jours, elle avait rencontré Cosme sur un tournage avec son école de couture, elle avait une sœur alcoolique, Fiona, une ex cinglée, Marion. Elle dit :

Cosme m'a réparée

Comment ?

il m'a montré qu'être amoureuse

ce n'était pas être prisonnière

Mon menton trembla, je ne pouvais pas lutter contre ce qu'ils partageaient et, pour me défendre, je lui racontai Malo, Andréa, Pierre. J'eus peur qu'elle me juge. Je devançai en m'accusant :

C'était de ma faute.

c'est pour Andréa que tu pleurais l'autre jour

?

Oui

Elle resta silencieuse, longtemps. Et puis :

ce n'était pas une faute

c'était du désir

tu n’as rien fait de mal

Dans mon ventre, un nœud se défit. Je dormis d’un sommeil de plomb.

À mon réveil, j’avais deux messages en attente. Je les ouvris sans crainte, ils me firent l’effet d’un bain de glace :

quand tu nous as vus avec Cosme dans le salon tu as pensé quoi

?

Je m’assis dans mon lit, cœur battant, je tapai très vite :

Rien

Je commençai un autre message, renonçai, effaçai tout. J’espérai qu’elle ne voie pas ma réponse tout de suite mais elle l’ouvrit immédiatement, attendit un moment, puis :

je ne t’accuse de rien

je veux savoir c’est tout

Les plaques rouges mangèrent mon cou, le chaud dans mes oreilles, je tremblai. Dehors, la lumière était sublime, le bleu net et glacé du ciel, un aplat sans nuage, sans nuance, un grand vide de couleur. Je tapai mon message, je dus m’y reprendre à plusieurs fois car je faisais des fautes de frappe, mes pouces glissaient sur l’écran :

Je me suis dit que tu étais très belle

c’est pour ça que tu m’as embrassée

?

Non

pourquoi alors

Parce que tu me fais quelque chose que je ne sais pas expliquer

J'attendis sa réponse toute la journée. Je n'osais pas me rendre chez elle, son silence était une anesthésie en même temps qu'une grande douleur, j'avais l'impression d'avoir tout gâché. Je pensai écrire à Cosme, trouver une raison utilitaire d'aller là-bas, qu'elle ne puisse pas dire : « Sors d'ici, sors de ma vie. » Ça me vexait aussi de constater qu'elle ne s'inquiétait pas de mon absence, j'aurais pu être malade, j'aurais pu tomber dans les escaliers, me casser quelque chose, j'aurais pu mourir. Peut-être qu'elle avait parlé. Peut-être qu'elle avait raconté à Cosme que je la harcelais, que je la mettais mal à l'aise, peut-être qu'elle l'empêchait de m'attaquer, il connaissait la violence, il me l'avait dit. Mon portable vibra pendant que j'étais sous la douche, je sursautai, glissai, je sortis de la cabine en trombe mais ce n'était que mes parents, ils m'envoyaient des photos d'un appart qui plaisait à Antoine, ils croisaient les doigts, ils n'étaient pas le seul dossier. J'eus envie de répondre : « Je n'en ai rien à foutre », je me retins de justesse, la sonnette retentit. Je passai la tête par la fenêtre de la salle de bains, Cosme était à la porte. Il me vit, sourit, il n'avait pas l'air en colère. Je m'habillai pour lui ouvrir.

– Ellie ne se sent pas très bien, elle a passé la journée au lit. Je vais courir, j'en ai pour une heure, elle m'a demandé si tu pouvais rester avec elle.

Je hochai la tête en répétant : « Oui, oui bien sûr », tout s'était renoué dans mon corps, ma nuque, mon dos, mon bide, je crus que j'allais tomber à genoux. Cosme enchaîna :

– Demain je pars en mission cadeaux pour son anniversaire, tu veux venir ? Je lui ai dit que j'allais à Amiens, mais je vais faire un crochet par un atelier de teinture de laine dans l'Oise.

– Elle ne va pas trouver ça suspect ?

Cosme se mordit la lèvre, il y eut une lueur joueuse dans ses yeux.

– Pourquoi elle trouverait ça suspect ?

– Si c'est une mission secrète, c'est bizarre qu'on parte à deux.

La lueur disparut, il regarda sa montre pour choisir son programme de cardio.

– Oh tu parles, ce n'est pas du tout un secret, elle m'a fait une liste infinie des trucs qu'elle voudrait, j'ai des idées pour à peu près quinze ans. Non, c'est juste si ça te dit de bouger.

Il valida son programme, sortit des écouteurs de sa poche, chercha une playlist sur son téléphone avant de le glisser dans son brassard. Je dis :

– D'accord.

L'éclat revint, deux étincelles dans ses yeux noirs, il s'humecta les lèvres, recula, passa ses deux mains dans ses cheveux pour les attacher, gestes vifs, précis, son visage changeait quand il n'était pas serti de boucles, il gagnait en angles, en force. Il me souffla un baiser et s'élança.

À l'étage de la maison, le couloir était bordé de fenêtres immenses, elles ouvraient sur la cour, la piscine, et derrière la grange, le jardin et la pâture. Les portes des chambres étaient fermées, sauf une, j'avançai, toquai pour me signaler. Un mouvement dans le lit double en face, Ellie tendit une main : « Max ? Viens. » Je traversai la pièce et me nichai contre elle, le contact de son corps me transperça, des racines germèrent de sa peau à la mienne. On resta longtemps en silence, à ne rien faire d'autre que nous étreindre, jambes et bras mêlés, le vertige des souffles si près, et les odeurs aussi : je respirai son cou, le parfum de son gel douche, de sa peau, le coton synthétique de la lessive et, mêlée aux fibres, mêlée à l'odeur d'Ellie, celle de Cosme, qui dormait avec elle, contre elle, sur elle, sous elle. Un désir fou battait dans mes reins, désir d'elle, désir de lui, je ne pouvais pas distinguer.

– Je suis désolée de ne pas t'avoir répondu, dit-elle.

– Ce n'est pas grave.

C'était vrai, plus rien n'avait de poids, plus rien d'autre ne comptait que le rythme de son cœur, je l'entendais battre contre moi. Elle portait un marcel et un pantalon de pyjama, pas de soutien-gorge, je suivis le dessin de sa colonne, la nuque, le creux des omoplates, son dos, elle étouffa un gémissement court, glissa sa main sous mon

T-shirt, elle était froide, l'empreinte de ses doigts comme la brûlure de la glace. Elle caressa mon ventre, remonta sur ma poitrine, se pressa contre moi, posa sa tête sur mon épaule, sa bouche dans mon cou, c'était juste pour me toucher, elle ne m'embrassa pas, elle resta là, le contact mouillé de ses lèvres, son souffle sur ma peau, la suspension du baiser fut plus forte que le baiser lui-même. Elle traça des cercles serrés dans le creux de mon coude, je fermai les yeux, me mordis les lèvres, elle entrelaça ses doigts aux miens et posa ma main sur sa taille pour me guider le long de sa fesse, sa cuisse pliée sur la mienne, j'y pressai les doigts, la douceur du tissu sous ma main, le froissement des vêtements, des draps, elle haleta, soupira. Elle toucha mon visage, mon front, mon nez, ma mâchoire. Mon autre bras était sous sa nuque, je le fermai sur sa tête, caressai ses cheveux, sa poitrine se soulevait et s'abaissait sur la mienne. Le sang pulsait à mes tempes, partout, sous la moindre parcelle de ma peau.

– Toi aussi, tu me fais quelque chose que je ne sais pas expliquer, murmura-t-elle.

Il n'y eut rien de plus entre nous cette fois-là, pas de baiser, pas de fluides, de transpiration, pas d'explosions nerveuses, pleines, comme le sont les orgasmes. J'ai douté, longtemps, de la nature de ce moment, est-ce qu'il devait compter autant que ce que j'avais échangé avec Alix dans la tente du camping, que les jouissances rapides et égoïstes de Malo et d'Andréa, est-ce que l'étreinte que je partageai avec Ellie cet après-midi-là comptait comme du sexe ? Ce fut à la fois plus fort et plus doux, et ce fut plus intense que beaucoup de choses que d'autres personnes me firent par la suite, et que je leur fis à mon tour. Je ne touchai pas sa vulve, je ne goûtai rien d'elle, et pourtant, je garde de cette étreinte un souvenir fulgurant, à la fois pour l'urgence, l'intimité, et pour ce qu'elle scella entre nous, une entente qui échappait aux mots, un lien qu'on ne déferait pas – ou du moins le pensais-je.

10

Je finissais de remplir le lave-vaisselle quand je vis ses messages. Mes jambes tremblèrent, je me laissai glisser par terre, dos aux portes des placards. Elle disait : « Il faut que je parle à Cosme de ce qui se passe », elle employait des mots que je n'avais jamais vus, ils n'étaient pas « exclusifs », ils ne s'interdisaient pas de rencontrer d'autres personnes, de coucher avec d'autres personnes, mais ils avaient des règles, ils ne partageaient pas leurs partenaires, ils ne cachaient pas leurs existences, ils se faisaient confiance, c'était important, Max, important pour eux, important pour la suite, elle me demandait si je comprenais. L'idée de confronter Cosme me terrifia, je répondis :

Ne lui dis rien
Pas tout de suite
S'il te plaît

C'était lâche, je le savais en l'écrivant et, surtout, ce n'était pas honnête. Je pressentais que Cosme s'éloignerait de moi dès qu'il saurait, il romprait le contact, il n'effleurerait plus ma main, mon genou, mon bras, l'éclat de ses yeux s'évaporerait, le trouble disparaîtrait, il respecterait ses propres règles, il nous laisserait tranquilles. L'idée était intolérable, j'avais faim de lui, tellement, et, à présent qu'il pouvait se retirer de l'équation, ce désir m'écrasait, il me coupait le souffle. Ellie dit :

on ne peut pas aller plus loin tant que je ne lui ai pas parlé

Je gémis, dos au mur, un animal acculé. Je répétai :

Attends un peu

S'il te plaît

Elle tapa, s'arrêta, effaça, tapa à nouveau :

pas longtemps alors

je ne veux pas le trahir

je ne veux pas le perdre

Une boule me serra la gorge, la jalousie comme une coupure de carex, un trait net, une douleur brève, vivace, je n'avais aucune chance, elle le choisirait quoi qu'il arrive, ce que je désirais ne comptait pas. J'eus envie d'écrire quelque chose de méchant, la tristesse me silencia. Mon portable vibra à nouveau, j'ouvris le message :

après mon anniversaire je lui dis

d'accord

?

Je dormis mal, je m'en voulais de m'emmêler dans ce maillage, j'étais un moustique dans une toile d'araignée.

Ils se dirent au revoir pendant une éternité. J'étais à l'avant de la Kangoo, image tassée dans le rétro, elle les bras autour de son cou, lui les bras autour de sa taille, ils s'embrassaient, ils se parlaient à trois centimètres d'écart, ils riaient, s'embrassaient encore, il la serra contre lui, la souleva du sol, la jalousie m'étreignit. Enfin, il la lâcha, ouvrit la portière et s'installa au volant. Ellie s'appuya au portail, elle nous fit signe. Quand on sortit du village, elle m'écrivit :

ne vous ruinez pas pour moi

tu vas me manquer aujourd'hui

– OK, donc dans cette bagnole, on ne peut mettre que des cassettes, super. Il a quoi le vieux en stock ?

Cosme conduisait les yeux tantôt sur la route, tantôt dans le bordel de la boîte à gants, il fouillait parmi les cassettes, son bras était très près de ma peau et, dans le mouvement, l'odeur de son shampoing et du lait pour les boucles.

– Led Zeppelin, quel enfer, Pink Floyd, quel enfer, compil vacances 2017, ça dit quoi ?

Il glissa la cassette dans le lecteur, monta le son, une guitare saturée, une basse, une batterie, « *We get some rules to follow, that and this, these and those* ». Il me sourit, c'était un tel guet-apens, je ne savais pas décider si j'allais passer une journée magnifique ou terrible. Le paysage défilait, des champs, des éoliennes, des bosquets, tout était plat, couleurs fades, ciel trop bleu. Cosme accueillait mon silence sans gêne, il battait la mesure, dodelinait de la tête, il fronça les sourcils à la troisième chanson : « C'est quoi ce truc ? », il shazama, c'était les Corrs, *Say*. « La vache, comment c'est de la merde. » Il monta le son, pinça les lèvres, secoua la tête en rythme, beugla ce qu'il comprenait du refrain, toujours la même phrase, « *But if he says says says that he loves me* ». Je ris, je pris une vidéo que j'envoyai à Ellie.

– On va où en fait ?

– On va à Feigneux pour la laine. Ma meuf a vingt ans, sa passion c'est le tricot. Si mon ex savait ça, je pense qu'il se foutrait bien de ma gueule.

– Chris ?

Il baissa le son.

– Non pas Chris, un autre gars, Lucas.

– Il n'aimait pas le tricot ?

Il rit, son cou se tendit, sa pomme d'Adam monta, descendit, le mouvement lança des ondes dans mon pubis.

– Il n'aimait pas les filles, surtout.

Cosme roulait vite, il doublait les voitures de la départementale sans secousses, accélérations mesurées, trajectoires sûres, il abaissa le pare-soleil quand la lumière tapa le pare-brise. Ellie répondit :

j'adore cette chanson

ne lui dis pas

– Tu viens à la mer avec nous jeudi du coup ?

– À la mer ?

– Pour l'anniversaire d'Ellie.

– Ce n'est pas à la ferme vendredi ?

– Non, on part quatre jours en Baie de Somme, elle doit voir ses grands-parents dans le coin. On a pris une maison avec Vadim, Cam, Chris et tous les gens de la semaine dernière.

– Je ne savais pas.

En moi, un grand calme, un grand froid, je retournai mon portable pour ne pas en voir l'écran, la led clignotait. Cosme dit :

– Ça s'est décidé hier en fin d'aprèm. Elle m'a dit qu'elle t'écrivait pour te prévenir.

– Ah bon.

– Elle ne t'en a pas parlé ?

– Non.

Cosme tourna la tête vers moi, reporta son attention sur la route, clignotant, rétro, il doubla une camionnette. J'entendis mes dents grincer.

– Mais tu vas venir ? reprit-il. On part en voiture, la maison est louée, tu n'as rien à payer.

– Il faut que je demande à mes parents.

Mentionner mes parents était humiliant, comprendre qu'Ellie voulait m'évincer de son anniversaire aussi. Cosme le sentit, il fronça les sourcils, se mordit la joue.

– C'est trop bizarre, j'étais sûr qu'elle t'avait écrit hier soir.

Ma mâchoire se contracta, je voulais qu'on s'arrête, je voulais descendre de la voiture, je ne saurais pas quoi répondre s'il comprenait, « Tu mens, qu'est-ce que tu fais avec ma meuf dans mon dos ? » J'avais chaud, j'essayai d'ouvrir ma fenêtre pour avoir de l'air, le bouton ne marcha pas. Cosme lâcha le volant, se pencha, pointa le loquet de verrouillage de la portière : « Y a un faux contact, tire sur ce truc », la vitre se baissa, la voiture aspira l'air, je soufflai, joues brûlantes, doigts crispés. Cosme se redressa, posa sa main sur ma cuisse.

– Ce serait beaucoup trop bien que tu viennes.

Il retira sa main de suite, monta à nouveau le son de la musique : « Ah voilà, là on est d'accord, Marc ! » Ma cuisse fourmilla, je touchai mon cou, me tournai pour cacher les plaques qui y apparaissaient. Dans l'autoradio, une beatbox, un rappeur autotuné, « Oh là là, mon cœur danse la macarena nana nana nana nana nana ».

À l'atelier, la teinturière fit comme la boulangère, beaucoup de sourires béats, de regards appuyés et gênés, Cosme avait attaché ses cheveux, il avait l'air d'avoir vingt-cinq ans, il en aurait dix-neuf en septembre. Elle rougit quand il évoqua les vingt ans de ma copine, elle s'éclaircit la gorge : « Elle débute au tricot ? », « Non, pas vraiment elle travaille, dans la haute couture. » La teinturière se tut, vexée, elle nous montra ses laines les plus chères, soie cachemire, soie mohair, soie yak. Cosme hésita entre trois teintes de vert, il me demanda mon avis, je m'approchai pour toucher les fibres, si molles, si douces, il ne bougea pas quand je nouai mon auriculaire au sien derrière la table d'exposition. Je choisis un vert franc, lumineux, il en demanda trois écheveaux, trois autres de mohair de la même teinte, il lâcha ma main pour payer, mon cœur battait trop vite pour ma respiration, une chaleur intense dans la nuque, je dis : « Je t'attends dehors. »

Ellie m'avait écrit :

Iago et Mélusine vous embrassent

je lis le manga que tu m'as prêté

Avec les messages, une photo de sa tête entre les deux chevaux, les cheveux dans les yeux, une autre de ses jambes au bord de la piscine. Je tapai :

Pourquoi tu ne m'as pas dit que vous alliez à la mer pour ton anniversaire jeudi ?

Cosme sortit de la boutique, son pas dans les graviers, moi dos à la portière de la voiture, l'image passa devant mes yeux, il allait s'écraser sur mon corps et ce serait trop tard, et ce serait tant mieux, ce seraient mes propres règles, mon propre jeu. Il contourna la Kangoo, la déverrouilla.

– On y va ?

On écouta la compil vacances 2017 une deuxième fois. Sur le volant, ses doigts fins, ongles propres, un message apparut sur l'écran de son portable accroché à la grille d'aération, Ellie, un cœur à la fin de sa phrase, ça me crispa. Cosme était concentré sur la route, l'angle de sa mâchoire, la ligne de sa joue, de son nez, les sourcils épais, foncés, le front plat. Il me jeta un coup d'œil, incertain. Il dit :

– Qu'est-ce qu'il y a ?

– Rien. Je te regarde, c'est tout.

Il toussa, bougea sur son siège, je voulais me brûler, allumer l'incendie. Il respira plus fort, ses yeux venaient vers moi par à-coups, ils se sauvaient dès qu'ils constataient que je n'avais pas bougé. Il passa une main dans sa nuque.

– Au tir, tu regardais tes cibles comme ça.

– Ah oui ?

– Oui.

Je reportai mon attention sur les paysages, j'aimais bien la chanson qu'on écoutait, « *Tell me who you loyal to. Do it start with your woman or your man?* ». Je montai un peu le son, je dis :

– Qu'est-ce que ça fait de toi, alors ?

Je reçus la réponse d'Ellie en sortant du parking souterrain :

parce qu'on a parlé d'autre chose hier soir et j'ai complètement oublié

je suis désolée

vraiment désolée

tu vas venir

?

viens stp

« Autre chose », c'était Cosme, on avait parlé d'elle et lui, de leur amour fou, de ce qu'on ne partagerait jamais car il serait toujours là. Je la laissai en « vu ». Je voulais la punir.

Il était 15 heures, on crevait de faim, on mangea un sandwich pas terrible à une terrasse, Cosme mâcha doucement, sans me quitter des yeux, il chiffonna l'emballage et la serviette en papier, il dit :

– Viens à la mer, Max.

Mon cou brûla, je hochai la tête. En marchant vers la librairie, j'écrivis à ma mère : « Coucou, ça va ? Comment ça se passe à Paris ? Est-ce que je peux aller en Baie de Somme de jeudi à dimanche ? Bisous ». Je choisis deux mangas pour Ellie, je fis faire un paquet cadeau, Cosme acheta des gaufres, je mis du sucre partout, je me léchai les lèvres, il tourna la tête. On remonta la rue pour retourner au parking, ma mère m'appela pour me demander ce que c'était, cette histoire d'aller à la mer. Cosme marchait un peu derrière moi, il me rattrapa quand il comprit que je parlais de l'anniversaire, je lui tendis mon téléphone, ma mère voulait lui parler. Il se gratta le cou, grimaça, prit mon portable : « Allô ? Oui bonjour. Oui, Cosme. De Ellie, oui. Non, la maison est louée par Marc et Virginie, c'est à Cayeux, je peux vous envoyer l'adresse. Oui. Oui. On part à deux voitures, la Kangoo de Marc et Cam, une amie à nous, elle a une Clio. Oui je conduis. Dix-huit. Non, j'ai fait de la conduite accompagnée et j'ai mon permis scooter. Oui, on part jeudi, on rentre dimanche soir. Oui d'accord. Oui. Merci. Bonne journée à vous aussi », il éloigna le téléphone de son oreille, bafouilla encore : « Oui, au revoir », et me le rendit. Ma mère dit : « Je vais appeler Virginie, je t'envoie un message après. » Elle me raconta les apparts hors de prix et les agences immobilières horribles, on avait trouvé un truc hier mais un autre dossier nous est passé devant. J'écoutais à peine, Cosme s'éloignait, les mains dans les poches de sa veste, il s'engouffra dans l'escalier du parking souterrain, je voulais le rejoindre. Ma mère répéta qu'elle m'envoyait un texto dans cinq minutes, elle fit des bruits de bisous dans le téléphone, je raccrochai.

– Alors ? demanda Cosme quand je le rejoignis à la borne de paiement.

– Tu as fait bonne impression.

Il fit un bruit bizarre, timide, il détourna les yeux, récupéra sa carte bleue, se dirigea vers la voiture, je le suivis. Il mit les sacs dans le coffre, le claqua, mon portable vibra. Je dis : « Ma mère est d'accord. » Cosme se retourna, enfonça ses mains dans les poches de son jean, rentra les épaules comme s'il avait peur de ce qui allait se passer. Il me laissa avancer, approcher, le bruit de son dos, de sa tête qui heurtent le coffre, je posai mes mains sur ses joues, ma bouche sur la sienne, il toucha ma taille, il hésita puis tendit la tête pour me rendre mon baiser, je trouvai sa langue, le goût métallique de sa salive, nos lèvres se séparèrent, se joignirent encore, je pressai mes doigts sur son cou, mes pouces à l'orée de ses oreilles, l'os sous la peau, le battement de ses artères, j'appuyai mon bassin, ma cuisse entre ses jambes, un son monta de sa gorge, mourut dans ma bouche, il reprit son souffle, je l'embrassai encore, ses lèvres étaient rouges, mouillées, il dit : « Tu me fais faire des bêtises » en me serrant plus fort.

RAFALE

11

Quand Ellie sonna à la porte de chez moi le lendemain, je me dis qu'elle venait m'annoncer qu'elle ne voulait plus de moi à la mer. J'y avais pensé toute la nuit, je ne voyais pas comment il pouvait en être autrement : Cosme était amoureux d'elle, il lui avait raconté, forcément, ce que j'avais fait, comment j'avais mal pris d'apprendre qu'ils organisaient son anniversaire sans moi, comment j'avais voulu me venger, comment j'avais joué avec lui toute la journée, à chercher sa main, ses yeux, comment je l'avais acculé, comment m'embrasser avait été comme se défendre, il n'avait pas voulu, il n'avait pas eu le choix. Les yeux grands ouverts dans ma chambre, je jouais une scène qui n'existait pas, je recevrais un message d'insultes ou elle attendrait que je vienne chez elle pour me cracher au visage, ou alors elle serait violente, comme Pierre, elle me choperait dans la rue, elle me ferait tomber, ma tête heurterait le goudron, elle parlerait tout près mais ce ne serait pas pour dire de jolies choses : « Tu ne touches pas à mon mec, tu nous laisses tranquilles, tu me dégoûtes. » Les mêmes mots, la même honte et, derrière, la même solitude, une plaine vide, froide, arbres morts, bois gelé, tout allait s'arrêter.

Elle écrivit, tôt, le ciel était d'un bleu fumé, mon velux était entrouvert. J'entendais les oiseaux, je somnolais, tête lourde, tripes nouées par l'insomnie.

dis moi quand tu te réveilles
je voudrais te voir

J'hésitai à ouvrir son message, mais c'était ridicule, pourquoi attendre s'il fallait que ça explose, retarder l'ébranlement serait pire, je n'avais pas l'énergie, pas le courage d'anticiper la tempête, de me gainer pour recevoir les coups. Je tapai :

Je ne dors pas
j'arrive

J'eus le temps de me rincer le visage et de me laver les dents, pas de me changer. Je portais un short de pyjama avec des oursons que j'avais depuis mes treize ans, un T-shirt large que j'avais volé à mon frère, les miens étaient sales, je n'avais pas pensé à faire la lessive. J'ouvris la porte, elle avait fermé ses bras sur ses épaules car elle était en débardeur et il faisait frais, elle se figea, une seconde seulement, comme on accuse un choc, elle chuchota avec une douceur impossible à questionner :

– Tu es sublime.

Je vacillai. Elle dut m'aider car j'allais tomber, elle entra dans la maison. Je m'appuyai à la commode de ma mère, celle qu'on avait repeinte l'an dernier, sous ma main des papiers, des clefs qui ne servaient à rien. Je dis, tout bas, sans y croire :

– Pardon, je n'ai pas dormi.

Elle était adossée au mur en face de moi, les mains croisées derrière elle, la tête levée, la lumière jaunie par les carreaux texturés de la porte matifiait sa peau blanche, lui donnait une rondeur, le velouté d'une pêche. Je dis encore :

– Pardon.

– Montre-moi ta chambre.

Je restai derrière elle. C'était le bordel, du linge partout, les étagères vides et, sur le bois, les marques des coupes que j'avais jetées au début de l'été. Elle y passa la main, essuya ses doigts gris de poussière, elle ramassa deux pantalons qu'elle plia pour les poser sur mon bureau. Elle s'assit sur mon lit.

– Tu n'as pas beaucoup de choses.

J'étais mal à l'aise de la voir dans ma chambre, la pièce était étriquée et normale quand tout, chez elle, était cher, décoré, la piscine, les chevaux. La douche fuyait chez moi, il fallait mettre une serviette au bas de la cabine pour absorber l'eau.

– Cosme dort ?

Elle croisa les chevilles, les balança comme une petite fille, ses cheveux étaient aplatis sur un côté, celui où elle avait dormi. Elle se tenait un peu voûtée, j'avais appris à lire cette attitude, c'était celle de la confiance, hors des autres, quand elle savait qu'elle pouvait cesser d'être un spectacle.

– Il va dormir jusqu'à midi.

– Et s'il se réveille ?

– Alors on verra.

Elle tendit la main pour que je la rejoigne, je m'assis à côté d'elle, sa paume était chaude, ses doigts longs, je sentis comme un voile autour, un cocon, une cosse de soie.

– Je croyais que tu ne voulais pas aller plus loin avant de lui avoir parlé.

Ma voix était un filet de peur, mon corps gardait la sensation de la main de Cosme sur ma taille, le rythme de son cœur quand je l'avais embrassé, je respirais dessus depuis la veille.

– Moi aussi.

Elle caressait mon index avec son pouce, tête baissée.

– Mais c'est difficile.

Un temps, un souffle :

– Je pense à toi tout le temps.

Elle pressa ma main, elle leva la tête, elle dit très vite :

– Je suis désolée de ne pas t'avoir dit, pour la mer. Cosme m'a raconté que ta mère avait voulu lui parler, ma mère m'a appelée aussi. Je n'ai pas pensé qu'il faudrait que tu demandes l'autorisation, que ce n'était pas si évident, j'ai été bête.

– Ce n'est pas grave.

Elle posa son autre main sur la mienne, serra encore, ses doigts entourèrent mon poignet. Nos bouches s'effleurèrent avant de se toucher, et dans le silence, le bruit mouillé des salives, le couinement de l'air entre les lèvres pincées furent comme des crépitements, un feu qui démarre. Ellie se rapprocha, le froissement des draps, sa bouche sur ma lèvre supérieure, le plat de ses dents, son nez, son front contre le mien, elle tourna le buste pour me faire face, sa bouche sur toute ma bouche, sa langue enfin, sa langue me fit émettre un son qui cogna contre son palais et qu'elle avala comme elle avalait ma salive, elle me buvait.

– Tu es sûre ? demandai-je.

– Oui.

Elle enleva son débardeur, elle portait un pantalon de jogging avec, c'était à Cosme, il l'avait sur lui le jour du club de tir.

– Toi ?

J'aurais pu lui dire à ce moment. Les mots étaient au bord de moi : « J'ai embrassé Cosme » « J'ai eu peur de te perdre et je l'ai embrassé », mais elle était là devant moi, les lignes souples de son corps, la chair de poule sur ses bras, les joues rosies par l'envie, je n'avais plus de mots, de syllabes, il ne restait que l'évidence du désir plein qu'elle m'inspirait.

J'avalai ma salive, hochai la tête, elle sourit, elle fit glisser sa main le long de mon cou, mon épaule, elle pressa le tissu de mon T-shirt, je levai les bras, elle me le retira. Je réprimai un geste pour me cacher, ses yeux restèrent dans les miens, elle ne jugea rien de ce que je lui donnais, le corps que je lui donnais. Elle m'embrassa, me serra dans ses bras, je respirai son cou et le tiède aux racines de ses cheveux rasés, je comptai les vertèbres dans son dos, j'embrassai le grain de beauté à la naissance de son aisselle, ses tétons étaient durs, je les suçai, ses doigts agrippèrent mes cheveux, les bruits sans direction, sans forme qu'elle faisait. Elle m'arracha un gémissement quand elle glissa sa main dans mon short, un gémissement et un sourire, je levai la tête, elle dit : « Tu veux, comme ça ? » Je mordis sa lèvre, j'ânonnai quelque chose, pas une phrase et pourtant une affirmation. Ses doigts étaient chauds, la pression délicate, la lenteur, le vertige, j'avais des taches dans les yeux. Je dis autre chose, ma bouche contre sa bouche, le souffle si près, le goût, l'odeur, le vent, la mer, « Encore ? », « Oui, encore ». Elle pressa, malaxa, mon cœur battit plus fort, pas plus vite, plus fort, des battements longs, profonds, un gong au fond d'une caverne.

– Tu as déjà fait ça ? demanda-t-elle.

– Oui. Non. Pas comme ça.

– Comment ?

– Pas comme ça.

Elle soupira, elle me surplombait, un genou de part et d'autre de mon bassin et sa main, toujours, je ne sais pas ce qu'elle faisait, mon sang battait contre sa paume. Elle se pressa contre moi, elle dit : « Touche-moi », c'était presque une plainte. Je glissai une main sous la toile du jogging, rêche, trop chaude, une moiteur à l'intérieur, je caressai sa fesse, la contournai, elle se figea quand je trouvai son sexe, le bruit de l'eau sous mes doigts, elle vibra, trembla, j'écoutais chaque son qu'elle faisait, leur réverbération jusqu'au creux de mes os. « Là ? » « Ici » « Comme ça ? » « Encore » « Attends. » Je ralentis, presque un arrêt, « Attends », entre mes jambes sa main se remit à bouger, elle ondula, j'étouffai un râle contre sa mâchoire, elle sur ma main, moi sur la sienne, « Attends » « Attends » « Attends. » Son orgasme monta, éclata comme un fruit mûr, fila entre mes doigts pour me transpercer, se répercuter sur sa paume, j'aspirai sa langue, ses lèvres, je ne pouvais plus respirer. À bout de souffle, elle posa sa tête sur le haut de mon crâne, je m'accrochai à son dos, elle embrassa mon front, mes yeux, je me laissai tomber à la renverse, elle s'allongea sur moi, se blottit dans mon cou, la mollesse, l'infinie fatigue, le retour du reste, autour, les contours de ma chambre, la forme des étagères, le carré de ciel du velux. Le bleu avait changé, azuré, des nuages contre la couleur.

– Ça va ?

La voix si basse, si belle.

– Oui. Toi ?

– Oui.

Une voiture passa, une autre, un coq chanta dans la ferme voisine. Elle dit sans bouger :

– Il faut que j'aille nourrir les chevaux.

J'avais fermé les yeux déjà, alors je fermai mes bras sur elle. Elle s'endormit avec moi.

12

Je fis le trajet à l'arrière de la Kangoo comme si j'avais huit ans et qu'Ellie et Cosme étaient mes parents. Stéphane et Marie avaient accepté de nourrir les chevaux et les poules, Cam, Aude, Chris et Vadim devaient nous rejoindre à Cayeux, John et MJ n'arrivaient que le lendemain. Cosme ne voulut rien écouter d'autre que la compil vacances 2017, Ellie conduisait, elle mit *Say* à fond, les enceintes de la voiture crachèrent, elle hurlait les paroles : « *But if he says says says that he needs me, there's a light, light for me* ». Cosme secouait la tête, amusé, dépité : « Les Corrs putain, qu'est-ce que je fous avec toi ma parole. » Dans le rétro, les yeux gris d'Ellie, la tache verte dans sa pupille gauche, son message à l'aube :

je n'en peux plus de jouir sans tes mains

C'était démesuré. C'était grisant. J'avais oublié le goût de Cosme.

L'autoroute était dégagée, on l'avala vite, la mer apparut à Saint-Valéry. On suivit la côte jusqu'à Cayeux, on se gara devant une barrière blanche en milieu d'après-midi. La maison s'appelait La Rafale, elle était à deux rues de la plage de galets, une façade couleur craie et des volets bleus, un escalier pour accéder à la porte d'entrée. Les propriétaires nous la firent visiter rapidement, un double couchage au salon, trois chambres et une salle de bains à l'étage, une dernière chambre au grenier, spartiate, plafond bas, murs en pente, c'était un perchoir, il fallait grimper une échelle escarpée pour y accéder. Je dis que j'y dormirais, ça ne me dérangeait pas. Ellie prit ma main quand Cosme sortit de la pièce.

On mit de l'eau à chauffer pour le thé, on s'assit dans le jardin, pas un bruit, l'air de la mer autour, les mouettes et la lumière blonde de la côte. Ellie et Cosme firent la liste des courses, ils refusèrent l'argent que je voulus leur donner pour participer, je le mis d'autorité dans la main de Cosme. Il ne retint pas mes doigts.

On reprit la voiture, on jeta des chips, des carambars, des bouteilles de jus dans un caddie, de quoi faire des gâteaux, on acheta des pizzas, beaucoup d'alcool. Cam, Aude et Vadim nous attendaient sur le perron quand nous revînmes, ils agitèrent les bras en haut de l'escalier, ils nous aidèrent à décharger les sacs. Chris m'étreignit : « Je suis content de te revoir, Max, ça va ? » On ouvrit des bières, Cosme brancha une enceinte, Cam aussi connaissait *Say* par cœur, elle et Ellie dansèrent dans le salon, elles m'invitèrent à les rejoindre. Le plancher dur sous nos pieds nus, les sourires fondus dans le soleil qui tapait sur la baie vitrée, l'odeur du joint qu'allumait Vadim, je me sentais bien, mieux que toutes les vacances avec mes parents, que toutes les soirées avec Gabin, Maëva et Pierre.

On mangea, on but, on rit, je montai dans ma chambre en titubant, il faisait chaud, le plancher grinçait, le lit aussi, ma tête tournait, j'écrivis à Ellie :

Viens

C'était bête, je savais qu'elle ne me rejoindrait pas, c'était le vin et le goût salé de sa salive qui ne me quittait pas. Je me couchai le feu aux joues, un bonheur immense dans les poumons, je me réveillai trois heures plus tard la langue sèche, les yeux collés. Le pied incertain, je descendis l'échelle, je bus de longues gorgées d'eau dans la salle de bains, le silence de la maison endormie, les respirations calmes, les ronflements et, contre le mur, derrière le miroir, un battement. Je compris de suite ce que c'était. Les coups légers gagnèrent en franchise, grincements, soupirs amples, gémissements, pas les mêmes que ceux que j'avais accueillis, ils étaient plus réguliers, assurés, sa voix à lui était là aussi, étouffée, il parla, je ne compris pas ses mots mais j'entendis les siens : « S'il te plaît... Encore. N'arrête pas. » La jalousie et le chagrin m'étreignirent, je baissai la tête pour ne pas voir mon visage vaincu dans le miroir. Bien sûr qu'Ellie couchait avec Cosme, bien sûr qu'ils allaient coucher ensemble ce soir, demain, c'était son anniversaire, « il m'a montré qu'être amoureuse ce n'était pas être prisonnière. » J'étais incapable de bouger, de me détacher du concert feutré des bruits de leurs corps, je le détestais d'être entre nous, je détestais découvrir que j'en souffrais et, en même temps, le dos contre la baignoire, les genoux serrés, ça me revint soudain, ça me réveilla. Cosme avait le goût du fer.

Le jour suivant, Ellie eut vingt ans.

Cosme refusa qu'elle s'occupe du moindre truc à préparer, c'était sa journée, il était à son service, lui, moi, les autres. Elle resta assise au comptoir de la cuisine pendant qu'on coupait des oignons et qu'on cassait des œufs pour faire des cakes et des quiches, elle s'assit dans le jardin pendant qu'on galérait à allumer le four. Je l'y rejoignis après la deuxième tarte aux tomates.

– Tu fais quoi ?

Sur ses genoux, deux écheveaux bobinés, ses mains formaient des boucles sur une aiguille fine.

– Je monte des mailles.

– Pour faire quoi ?

– Un pull.

Elle s'était redressée en me voyant mais le fil dans les mailles, la course des aiguilles furent plus forts que le poids de mon regard, elle se voûta à nouveau. Un brin puis l'autre, un brin puis l'autre, elle travaillait vite, je voulais me nicher contre elle, retrouver la douceur de sa nuque, là où ses cheveux étaient rasés, mais j'avais reconnu la laine.

– Je croyais qu'on n'offrait nos cadeaux que ce soir.

– Les autres, oui.

– Les autres ?

Elle fit glisser une maille, fronça les sourcils, leva la tête.

– Les autres cadeaux.

– Cosme a un droit spécial ?

Elle s'arrêta, elle tenait toujours ses aiguilles. Je regrettai ce que je faisais mais c'était trop tard. Je grattai le rouge des tomates sur mes ongles pour m'occuper, ne pas trembler, et comme elle ne parlait pas, je dis :

– Je vous ai entendus hier soir.

Elle posa une main sur la table de fer, sans me toucher. Dans la cuisine, les rires, les cris de Cam et Aude, elles jouaient avec de la farine.

– Entendus ou écoutés ?

– J'ai eu soif, j'étais dans la salle de bains. Je vous ai entendus.

Je parlais très bas, avec urgence, je lissais les cuticules de mon pouce.

– Est-ce que toi et moi, c'est quelque chose ?

– Max… commença-t-elle, voix basse, chagrine.

– Je veux dire, est-ce que c'est juste du sexe ?

– Max !

La voix de Cosme nous glaça, mon coude heurta le bord de la table, douleur sourde, engourdie. Il était à la fenêtre.

– Je vais chercher John et MJ à la gare, tu viens ?

Ellie reprit ses aiguilles, tira son fil. Je marchai jusqu'à Cosme la main crispée sur mon bras.

Dans la Kangoo, je gardai le silence, je me sentais stupide, en colère d'avoir posé une question plate, montré que je confondais les choses, que j'étais jeune, plus jeune qu'elle. La led de mon téléphone clignota, plusieurs messages, je voulus les lire sans les ouvrir mais mon pouce ripa, le fil de notre discussion apparut :

ça veut dire quoi 'juste du sexe' bordel

??

ce n'est jamais juste du sexe Max

Elle continuait d'écrire mais j'avais peur de lire la suite, je ne voulais pas d'une leçon, pas comme la dernière fois, « on n'est pas exclusifs mais il y a des règles tu comprends je ne veux pas le perdre ». Je tapai :

Oublie ce que j'ai dit

C'est ton anniversaire

Je retournai mon portable, les yeux sur la route, la mer partout, un reste de sel sur mes dents. À l'ongle de mon majeur, une petite peau me gênait.

– Arrête de faire ça, dit Cosme.

– Quoi ?

– Arrête de te mordre les doigts comme ça, je te jure, ça me rend fou.

– Tu parles.

Il fronça les sourcils, me regarda rapidement, je l'ignorai, posai ma tête sur la vitre. Une demi-heure de route encombrée, des familles, des porte-vélos, on resta coincés à un rond-point, on eut peur d'arriver en retard mais MJ envoya un message, elle dit que le train était retenu à la gare précédente, « On repart dans un quart d'heure a priori ». Sur le parking, pas d'ombre. Cosme manœuvra pour se garer entre deux breaks, il s'étira en sortant de la voiture. Je claquai la portière, mon T-shirt collait à mon dos. Mon portable affichait dix-sept notifications, dix-sept messages d'Ellie en attente. Cosme s'adossa au coffre, chevilles croisées, mains dans les poches.

– Je t'écoute.

– Tu m'ignores depuis Amiens.

– Je ne t'ignore pas, je t'attends.

– Tu vas dire à Ellie qu'on s'est embrassés ?

– Je ne sais pas. Ça dépend.

– Ça dépend de quoi ?

– De toi.

– Ça ne veut rien dire.

Il bougea, changea sa jambe d'appui, se mordit la joue. Je demandai, menton haut, bras croisés :

– Avant moi, il y a eu d'autres personnes ?

– Oui.

– Combien ?

– Pas beaucoup.

– Ça veut dire quoi ?

– Ça veut dire pas beaucoup.

– Elle savait ?

– Oui.

– Et elle ?

– Non. Marion, c'est tout.

– Après qu'elles ont rompu ?

– Oui. Ça a été difficile.

– Tu savais ?

– Oui. J'ai serré les dents, j'ai attendu que ça passe.

Les mots d'Ellie, le soir de ma crise de larmes : « Laisse passer. » J'étais ça pour eux peut-être, un truc qui passe, une volée de perdrix, on vise, on tire ; à la botte, le chien part, il ramène un corps chaud.

– Qu'est-ce que tu veux, en fait ?

Cosme se redressa, il leva la main, fit un signe, je me retournai, une petite foule, un train était arrivé. MJ et John marchaient vers nous.

– Tu sais très bien ce que je veux, Max. La question, c'est toi.

– Quoi moi ?

– Toi, qu'est-ce que tu veux ?

13

John et MJ déposèrent leurs valises dans la chambre qu'on leur avait gardée à l'étage, je montai l'échelle pour retrouver le grenier. Les draps étaient froissés, l'odeur lourde, j'entrouvris la petite fenêtre côté jardin, les voix de Vadim et de Cam s'engouffrèrent dans la pièce, ils parlaient de musique, de livres, l'ampleur de leurs savoirs me fatiguait. Dans un coin du plafond, une araignée aux jambes longues tissait une toile solide, tendue entre deux poutres. Je m'assis en tailleur par terre, le dos contre le cadre du lit, et sortis mon portable :

comment ça oublie ce que j'ai dit
sans déconner
je ne vais pas oublier un truc pareil non
donc non ce n'était pas juste du sexe
comme tu dis
et oui tu comptes

si c'est ça la question derrière

et je veux parler à Cosme parce que tu comptes justement

et que je n'avais pas prévu ça

et que je suis surprise

mais que tu comptes ne change rien

il est là

il va rester là

que tu le veuilles ou non

je te l'ai dit dès le début

c'est comme ça

je ne veux pas avoir cette conversation ici

Dehors, Cosme avait allumé son enceinte, « Je veux tant de choses, renverser le ciel, les paupières mi-closes, je veux l'étincelle ». Le plancher était dur sous mes fesses, je me levai, me pelotonnai sur le lit, « oui tu comptes » « que tu comptes ne change rien » « je ne veux pas avoir cette conversation ». Mon corps me sembla vide, trop grand, j'étais une petite chose rabougrie, tapie au fond d'elle-même.

Une main se posa sur mon épaule pour me réveiller.

– Il est presque 20 heures.

Je restai immobile, un peu moite, la lumière s'était densifiée, contrastes plus durs, tons plus chauds. Ellie retira sa main de mon bras, resta assise sur le bord du lit. Le silence dura, heurté par la musique qui montait du jardin.

– J'ai vu que tu avais lu mes messages.

Voix éteinte, tremblée. Je mordis dans la taie d'oreiller, gardai les yeux ouverts, fixés sur un éclat blanc dans la peinture du mur. Toute une chanson passa, un truc pop, sucré, « *August slipped away like a bottle of wine cause you were never mine* ».

– Max, dis-moi quelque chose s'il te plaît.

– Je croyais que tu ne voulais pas avoir cette conversation.

Sa respiration se suspendit, je comptai six secondes d'apnée puis elle souffla, pas un soupir mais une plainte, je lui avais fait mal, j'en conçus une fierté méchante. Je serrai les poings, mes ongles marquèrent ma peau. Ellie déglutit, le matelas bougea, accueillit son poids différemment, je crus qu'elle allait se pencher vers moi et fendre la barrière que j'avais dressée car j'avais peur de ce que je ressentais, peur de ce qu'elle demandait, je lui aurais tout donné si elle avait fait ce geste, venir, me réclamer, pardonner ma lâcheté, mais elle renifla, se leva, je vis sa silhouette sur le mur, j'entendis ses pas, elle regagna l'échelle, elle dit :

– On t'attend en bas.

« que tu comptes ne change rien »

Je me lavai les dents trois fois avant de descendre. Je voulais m'anesthésier la bouche, ne plus rien goûter de l'un ou de l'autre, ça ne marchait pas, le sel d'Ellie, le fer de Cosme restaient sur mon palais comme de la viande, du gibier cuisiné. L'angoisse me nouait les nerfs, j'enviais les stories de Gabin et de Maëva que j'avais regardées la veille en les méprisant, la sécurité des soirées calmes, prévisibles, des kilos de pop-corn sous des plaids à ne rien se dire, regarder un truc qu'on connaissait par cœur, *John Wick*, *Hellboy*, ou *Chihiro*, attendre que le temps passe, aller se coucher en sachant que demain serait le même qu'hier. Ils me manquaient, je m'en rendais compte en découvrant l'ampleur de ma détresse, pas individuellement, mais le groupe, les remparts qu'ils avaient dressés autour de moi, une prison autant qu'une armure, une camisole pour contenir les mouvements fous de mon cœur. J'allais renoncer, écrire que je me sentais mal, je ne sais pas ce que j'ai, je vais me coucher mais mon prénom résonna en bas de l'escalier, d'abord un cri, « MAAAAAAX ! », puis une scansion : « MAX ! MAX ! MAX ! MAX ! MAX ! » J'enfouis ma tête dans mes mains, je mordis dans une serviette pour ne pas crier. Je dis très fort : « Oui, j'arrive », Cam : « Putain mais tu fous quoi, allez ! » Je me rinçai la bouche, crachai. L'eau était rouge.

Dans le jardin, Chris me tendit une bière, je bafouillai : « Pardon, je dormais », Aude leva les yeux au ciel avec un sourire adorable : « Comment tu peux dormir aujourd'hui, c'est le plus beau jour de l'année. » John finissait de maquiller MJ, Cosme fumait un joint sur une chaise de fer rouillé, « il est là », une jambe sur l'assise, « il va rester là ». Debout derrière lui, Ellie lui massait le crâne, les mains dans ses boucles lourdes, il était maquillé, elle non. Elle portait une brassière noire rigide, croisée dans le dos, un jogging beige, la ligne de ses reins, son dos, sa nuque était comme un poignard dans la fin du jour. Ça me troua de la voir si nette, une beauté de fille que je ne connaissais pas, nerveuse, sèche, la franchise d'un direct au menton. C'était dans sa silhouette, peu de rondeurs, que des angles, dans sa posture aussi, la longueur de ses jambes et de ses bras, dans son regard surtout, elle ne se détournait jamais, elle ne baissait pas les yeux. Elle me sourit, je ne sais pas où elle trouva la force de faire ça. Je lui en voulus de souhaiter tenir ensemble ce qui était en train de s'effilocher, ça rendait ma colère ingrate, enfantine, un caprice plus que du chagrin.

Je m'assis loin d'elle, je bus très vite. Aude et MJ faisaient des vannes, elles parlaient de leurs coutures ratées, leurs galères de surjeteuse, les profs de stylisme qui leur faisaient couper des robes dans lesquelles les mannequins ne pouvaient pas marcher. Vadim raconta la gênance de son dernier *date*, le gars qui laisse la capote sur la table de nuit, il y eut un débat enflammé, préservatif externe, interne, digue dentaire, MJ : « Perso les internes, ça me donne juste l'impression d'avoir un sac en plastique dans la chatte », Chris : « Mais quooooi ? Les lesbiennes aussi mettent des capoooootes ? », MJ : « T'es con », Chris : « Oh ça va, je rigole », Cam : « Par contre, est-ce qu'on peut parler de ce nom de digue dentaire là franchement, qui s'est dit que ça allait marcher comme concept ? », Aude : « Un dentiste », John : « 50 nuances de dentisterie », Cam : « Ça coûte une blindasse en plus », Cosme : « Ouais enfin, tu prends une capote externe, tu l'ouvres en deux et c'est bon, pas besoin de s'emmerder », Ellie roula des yeux : « Nan mais toi », Cosme : « Quoi ? », Ellie : « C'est quand la dernière fois que t'as mis ta bouche sur du latex ? », Cosme : « Et toi ? » Elle rit, lui jeta des pop-corn. Je rougis, terminai mon verre avec dépit.

Vers minuit, on rapatria les bouteilles et la bouffe à l'intérieur, je débarrassai des plats de quiches à moitié terminées. Cosme me bouscula, ma tête tourna, cogna son torse dans le noir, « il est là », « il va rester là ». Les autres avaient rejoint la maison, on resta immobiles, tout près, je respirai son parfum, la fumée des clopes, le sel d'Ellie sur son T-shirt. Je trouvai sa bouche avec maladresse, urgence, son bras se ferma sur mon dos, le crissement du paquet de chips chiffonné dans sa main, le tintement du verre des bouteilles qu'il tenait dans l'autre, le goût fermenté de la beuh, de la bière. À mes tempes, le sang battait en rafale, dans mon bassin, mon sexe, le désir suintait, une vengeance, un défi. Cosme s'arracha de mon baiser, recula, essoufflé, mangé par la pénombre. Le savoir ailleurs que contre moi était intolérable, j'avançai vers lui, il m'arrêta.

– Pas maintenant.

– Quand ?

Il s'essuya le front du plat du bras, l'éclairage de la rue tapa le verre teinté d'une bière vide. Je me mis à grelotter, j'avais des envies de lutte, de catastrophe, « que tu comptes ne change rien ». Au salon, lumières tamisées, orangées, je tombai sur le canapé, la tête pétrie par l'alcool et par le mouvement des corps dansant devant moi, les torses collés de Vadim et de Chris, le tracé délicat des poignets de Cam dans l'air, Ellie jouant avec les mains d'Aude, elle les lâcha dès que Cosme entra dans la pièce. Les enceintes crachèrent une voix d'homme, amplifiée par l'autotune : « Quand je suis dans le club je ne fais que tiser devant les autres gars qui ne font que kiffer ». Ellie chaloupa, passa ses bras autour du cou de Cosme, son sourire me brûla, il fit glisser ses mains dans son dos, sur ses reins, les doigts au bord des fesses, son bassin collé au sien, « Dalé, dalé, dalé, oh baby », une voix de femme remplaça celle de l'homme, Ellie se retourna, le ventre blanc, lisse, la ligne brisée de sa taille quand elle lança son bassin à droite, à gauche, « Moi je suis pas Beyoncé, t'as vu le déhanché, je pourrais tout balancer si tu m'invites à danser », les doigts de Cosme disparurent sous l'élastique du jogging, « Ah oui, ah oui », il me regarda, « Cette nuit on peut le faire », Ellie renversa la tête, « Ah oui, ah oui », il chanta, la bouche contre son oreille, les yeux sur moi : « Cette nuit on va le faire ».

14

On ne fit rien du tout car je continuai à boire et à fumer. Tout se brouilla dans le flot ininterrompu de la musique et de la danse, j'avais trop chaud et faim, soif, la transpiration gouttait de mes cheveux et de mon nez, je titubai jusqu'à la porte d'entrée, descendis les marches, je ne sais pas comment je fis pour ne pas me casser la gueule. La maison hurlait dans le silence de la rue vide, la nuit noire, le bruit des vagues tout près, la plage de galets déserte au bout à gauche. J'allais de travers, je me concentrais sur l'air frais et le bruit de mes pas sur le chemin de planches, je voulais marcher jusqu'à l'horizon. On cria derrière moi, « Max putain bordel tu fais quoi ? », je continuai de marcher, j'essayai de courir, la chair de poule à présent, l'iode plein le nez, le sel, Ellie. Vadim m'attrapa par les épaules, le choc me secoua, je m'étranglai, haut-le-cœur, je vomis à ses pieds, mes jambes lâchèrent. Cam arriva, tous deux me relevèrent par les aisselles, « Bon allez, au lit. » Je crois que Vadim me porta, je ne voyais plus rien, je ne savais plus où j'étais, je bafouillais des choses incompréhensibles pour eux, « ça ne compte pas » « pas maintenant » « quelque chose que je ne peux pas expliquer. » Dans le hall d'entrée, Cam me fit asseoir sur une chaise et m'enleva mes chaussures. MJ me mit un grand verre d'eau et deux Doliprane dans la main : « Tu avales ça, tu bois tout », je pensai à ma mère : « Mange, Max, mange vraiment. » Elle resta à côté de moi le temps que je finisse mon verre, ça me prit une éternité. Je m'endormais sur ma chaise, je me mouchais dans ma manche.

– Comment on va lui faire monter l'échelle de merde là ? demanda Vadim à Cam.

– Laisse tomber, on met son matelas dans la salle de bains. Y a des chiottes en plus.

Ils disparurent à l'étage, je levai la tête avec difficulté, j'étais ailleurs, oreilles sifflantes, yeux mi-clos, en nage. MJ dit :

– Est-ce que tu vas redégueuler ?

– Non.

– Faudrait quand même te trouver une bassine.

Chris et John dansaient toujours, leurs silhouettes fondues au fond du salon, la musique résonnant, « Foufoune, dans ta bouche, foufoune, dans ta bouche ». J'avais des palpitations, le goût âcre du vomi, de l'alcool, des tomates confites, je me mis à claquer des dents.

MJ remplit mon verre d'eau pétillante : « Bois encore. Allez. » Je coassai :

– Il est où, Cosme ?

– Avec Ellie.

Cam et Vadim crièrent : « C'est bon pour le matelas ! » MJ prit mon verre, Aude passa un bras autour de ma taille, une bassine bleue dans son autre main. Les deux filles me soutinrent jusqu'à l'escalier, je grimpai les marches à quatre pattes, elles me traînèrent jusqu'au lit aménagé sur le carrelage, la bassine, la bouteille d'eau, je me recroquevillai dans les draps, les genoux sous le menton. Cosme sortit de la chambre, « Il se passe quoi ? », MJ éteignit la lumière et ferma la porte, « C'est Max, c'est rien. C'est fini. » Je restai dans le noir, des larmes dans la bouche et les yeux, un sentiment d'abandon féroce, d'opportunités gâchées.

Les vingt ans d'Ellie restent à ce jour ma cuite la plus mémorable. Je dégueulai plusieurs fois à l'aube, je bus toute la bouteille d'eau que m'avait laissée MJ, je vomis encore, un jus blond, acide et puant, je m'assis dans la baignoire sous un jet d'eau froide, je m'endormis, me réveillai en sursaut, les vêtements lourds de flotte, les mâchoires figées par l'hypothermie. Mes draps sentaient le rance, la mort, j'avais la tête dans un étau de confusion et de honte, tout ce qui sortait de mon corps était sale, les bruits de fluides, les gargouillis, plus personne ne voudrait jamais de moi. MJ avait raison, c'était fini.

Les heures passèrent, s'éclaircirent. Je cessai de vomir et de frissonner, une barre dans le crâne, la bouche pâteuse. J'entendis Cosme et Ellie se réveiller, elle toussa, ouvrit les volets de la chambre : « Il fait chaud la vache ! », voix légère, sûre, Cosme : « Je vais prendre ma douche tout de suite je crois », Ellie : « Attends que Max se réveille. » Le lit grinça, sa voix près du mur : « J'espère que ça a été cette nuit », Cosme : « T'aimes vraiment beaucoup Max », Ellie : « Pas toi ? », Cosme : « Si si », Ellie : « Quoi ? », silence, draps froissés, Cosme : « Non rien », silence, mon cœur tonnait jusque dans mes oreilles, Ellie : « Je... », silence, Cosme : « Quoi ? », silence, Cosme : « Qu'est-ce qui se passe ? », Ellie renifla, bougea : « Il faut que je te d... ». Je donnai un coup de pied dans le meuble du lavabo, ça résonna, le choc fit tomber des flacons de déodorants et des tubes de crème, un petit miroir qui se brisa. Une minute passa. Trois coups sur la porte : « Max ? » Cosme entrouvrit le battant.

– Ça va, t'as rien ?

Je ramassai les tubes et les débris de verre, souffle court, oreilles sifflantes.

– Non, c'est bon.

– Ne te coupe pas.

Il se tenait dans l'embrasure de la porte, torse nu, bras croisés et cheveux lâchés. Ellie apparut derrière lui, clavicules saillantes, menton doux, le renflement au-dessus de sa lèvre supérieure luisait un peu. Je détestai ce que je venais de faire.

– Comment tu te sens ? demanda-t-elle.

– Ça va.

Je toussai pour désencombrer ma gorge. J'étais mal à l'aise de les voir là, frais, reposés, face au désastre de ma nuit. La salle de bains sentait le chenil. Je dis :

– Je vais aérer.

Puis :

– Je ne fais jamais ça.

– Ça quoi ?

– Boire comme ça.

Cosme haussa les épaules.

– Bah ça arrive.

– C'est la honte.

– Personne ne t'en veut, ne t'inquiète pas.

Ellie baissa la tête, se détourna, elle laissa un vide dans mes yeux en s'éloignant. En bas, les voix de Cam, Chris, et Aude, déjà levés.

– Tu veux quelque chose ? dit Cosme.

Je secouai la tête. Il s'attacha les cheveux, se frotta les paupières.

– Bon. Prends ton temps.

Après ça, je m'allongeai dans le canapé du salon et attendis la fin de la journée, pitoyable et fébrile. MJ me fit un thé que je ne bus pas, Vadim raconta ma fuite nocturne dans les galets, Cam me mima en train de marcher, tout le monde rit sauf Ellie, elle resta loin de moi, loin du salon, elle rangea la vaisselle, débarrassa, elle mangea le *fish and chips* que Cosme était allé chercher en silence. Son mutisme entretenait ma torpeur, me maintenait à plat, les odeurs de friture me tournaient le bide.

Elle monta à l'étage après le repas, elle reparut, ses lunettes de soleil sur le nez. À la main, le manga que je lui avais offert et mon portable.

– Tu as des messages.

Je me tendis, cherchai son regard, elle se déroba pour rejoindre les autres dans le jardin. Cosme et Chris étaient dans la cuisine, le vrombissement de la machine à café ponctuait leurs échanges. En haut de mon écran, une bulle, un point rouge dessus. J'ouvris le fil de discussion :

je n'ai pas dit que je ne voulais pas avoir cette conversation

j'ai dit que je ne voulais pas l'avoir ici

par messages je veux dire

les messages on les écrits et après on les regrette

mais comme ils sont là on les relit

on ne les oublie jamais

Je me redressai pour la voir par la fenêtre, allongée sur le ventre, une branche de ses lunettes entre les dents, elle regardait son écran. Dans la cuisine, le vrombissement se tut, des bruits de cuillères, une porte de placard qu'on ouvre pour sortir le sucre. Chris : « Comment ça va entre vous depuis cet hiver ? », Cosme : « Ça va, t'inquiète c'est passé, tout passe », Chris : « Marion m'a dit qu'Ellie l'avait rebloquée », et Cosme : « Oui je sais », et Chris : « C'est difficile pour elle en ce moment », Cosme : « C'est toujours difficile pour Marion », Chris : « Elle s'est fait virer de sa coloc », Cosme : « Honnêtement, elle peut crever, je m'en cogne », Chris : « Arrête, Cosme, tu sais ce que c'est », une porte qui claque, Cosme : « Sérieusement ? », silence, Cosme : « Sans déconner, Chris, est-ce qu'on est toujours obligés de revenir au moment où mon père m'a foutu dehors quand il a appris que je te suçais ? » Je reconnus les inflexions de colère d'Ellie, les expressions, le rythme, ils partageaient tout, même le langage. J'écrivis :

Tu regrettes des choses que tu m'as dites ?

je regrette d'avoir dit que ça ne changeait rien que tu comptes.

ça change tout bien sûr

j'ai été brutale et je suis désolée

Un temps, puis :

ce que je voulais dire c'est que Cosme n'est pas un rival

J'étendis les jambes sur la table, je mordis dans la pulpe de mon majeur en arrachant la cuticule, la douleur me piqua, pas un rival, mais une chasse gardée, une faute que ni l'un ni l'autre ne pardonnerait. Dans la cuisine, le silence à nouveau, une tasse qu'on pose, le vrombissement de la machine, Chris : « Excuse-moi », Cosme : « C'est pas grave », est-ce qu'il dirait de moi, un jour, qu'il s'en foutait, que je pouvais crever ? Je tapai :

Ça me fait peur

qu'est-ce qui te fait peur

?

D'être entre vous

pas entre nous Max

avec nous

Je tirais les peaux mortes au bord de mes ongles avec mes dents, de légers bruits de succion craquaient dans mes oreilles, du petit bois.

Avec toi

Tu m'as dit que vous ne partagiez pas

– Il faut vraiment que tu arrêtes de faire ça ou ça va devenir compliqué.

Je sursautai. Cosme entra dans le salon, son café à la main, il était seul. Je pris conscience du doigt à l'orée de ma bouche, le filet de sang dans le sillon de peau au bord de l'ongle, je m'essuyai sur mon short. Cosme s'assit dans le fauteuil en face du canapé et croisa les chevilles sur la table basse, son pied tout près du mien. Le voir ainsi, immobile, muet, était contraire à ce qu'il laissait toujours paraître, du mouvement, du bruit. Il était moins beau mais plus présent, disponible.

– À qui tu écris ?

– À personne. À Andréa.

Il haussa un sourcil.

– Vous ne vous faites plus la gueule ?

– Non.

– Tant mieux.

Il but son café, tourna la tête vers la fenêtre. Ellie répondit :

est-ce que c'est un problème

?

– Vadim, Cam, Aude et Chris repartent demain matin en voiture, Ellie emmène MJ et John à la gare le midi, elle va manger avec ses grands-parents à Saint-Valéry.

Nouvelle gorgée, il chassa une miette de son T-shirt.

– Je n'y vais pas, je ne peux pas les encadrer.

– Pourquoi ?

– Ils me détestent.

Ellie écrivit un message, renonça. Cosme sourit, yeux cernés, couleur de terre retournée, mouillée. Il dit :

– On aura la maison pour nous.

Son pied effleura le mien, je maintins le contact. Je dis :

– Cool.

Je tapai :

Non, je m'en fous

Il n'y a que toi

Une pointe me courba la nuque. Je pensais que la trahison aurait le goût rance et pourri de la bile que j'avais dégueulée le matin, mais c'était doux et simple, une ligne droite, un après sans retour. Je regrettais de ne pas regretter.

15

On fit une balade avant le départ des autres, ciel encombré, les façades des cabines alignées face à la mer ouvraient des rectangles pastel dans l'air blanc. J'étais à l'affût, j'avais bien dormi, bu un thé noir trop fort. Ellie m'attendait en bas de l'échelle quand je descendis avec mon coupe-vent, elle me serra dans ses bras, j'entrelaçai mes doigts sur ses reins. Elle dit :

– Tu m'as manqué.

Puis :

– Je parle à Cosme ce soir quand on rentre. D'accord ?

– D'accord.

À l'intérieur, un grand calme, pas de vertige, j'étais lucide, j'allais faire une connerie mais j'avais fini de me battre.

Sur la promenade, du monde, beaucoup de familles, des poussettes, des tricycles, des enfants bronzés ou rougis par le soleil. Les parents portaient des sacs à dos, des baskets, des sandales, ils détournaient les yeux face au crâne rasé et aux arcades percées de Cam, ils désignaient le crop top de Chris, ils nous dévisageaient. La mer était basse, Cosme pointait chaque relief dans la vase car je lui avais dit qu'on trouvait des phoques en Baie de Somme, Ellie voulut un selfie de tout le monde, on dut se serrer, se tasser, on rit beaucoup. Elle m'envoya la photo, on m'y voyait bien, je pensai à Antoine, la rigidité de son corps, les contraintes dans ses gestes, la retenue. J'aurais voulu qu'il soit là.

Cam prit la route vers 11 heures avec les autres. On courut après la Clio, on agita les mains, elle klaxonna jusqu'au bout de la rue, ça fit râler les hommes à la terrasse du troquet, Cosme leur souffla des baisers. Il passa l'aspirateur, Ellie s'installa dans le canapé avec une étole en dentelle qu'elle piqua avec une aiguille.

– Tu fais quoi ? demandai-je.

– C'est un châle que j'ai tricoté l'année dernière, il est troué.

– Tu reprises ?

– Je remaille.

Je m'avachis à côté d'elle, les yeux mi-clos, le rythme des mailles comme une berceuse, la torpeur de ce qui m'attendait. Elle posa sa joue sur le haut de mon crâne, laissa le châle sur mes épaules quand elle eut réparé l'accroc.

J'essuyais des plats et des verres à pied quand MJ vint me dire au revoir. Elle m'étreignit, John aussi, « On se voit sur Paris, tu dis quand tu viens. » Je hochai la tête, je promis. Ils montèrent en voiture, je restai sur le pas de la porte, Cosme et Ellie s'embrassèrent, longtemps, doucement, chaque séparation leur coûtait quelque chose. Elle s'installa au volant, claqua la portière, baissa la vitre, ses lunettes de soleil, elle dit : « Je vous envoie un message quand je repars et on décolle. J'ai envie de rentrer. » Cosme regarda la Kangoo disparaître, il resta au milieu de la route, perdu, une tristesse étrange sur les épaules, de la buée sur une vitre. Il se tourna vers moi. Je me sentis fondre.

Je finis de ranger la vaisselle, pliai des torchons sales, je cherchai à m'occuper. J'entendis la porte d'entrée se fermer, il apparut, se gratta l'arrière du crâne, les cheveux comme des algues, il les rassembla d'un côté, sur une épaule. Je restai loin. Il dit :

– Il faut défaire les lits.

La maison se taisait, l'escalier se plaignit de nos poids, je trouvais la silhouette de Cosme lourde dans le silence, plus épaisse, le cou large dans le T-shirt, le dessin de ses omoplates, la courbe arquée de ses jambes, nerveuses, musclées. Il tourna à droite vers la chambre qu'il avait occupée avec Ellie, j'eus peur, je pris le deuxième escalier, je m'arrêtai avant l'échelle, les doigts serrés sur la rambarde, la course dans l'estomac, les poumons. C'était la seconde avant le tir, quand la forêt s'efface, les perspectives s'affinent, un œil, une cible. Je fis demi-tour pour le rejoindre.

Il m'attendait dans la chambre de Vadim et MJ, assis, coudes sur les cuisses, dos courbé, j'approchai, glissai mes doigts dans ses boucles douces, onctueuses, la résistance des petits cheveux, le bruit discret qu'ils firent en cassant sous ma paume. Il respira contre mon ventre, les mains sur mes hanches, moites, chaudes, il descendit, pressa mes cuisses, je me penchai pour enfouir mon nez dans ses cheveux, il remonta mon T-shirt, il lécha mon nombril, mes jambes tremblèrent. Je pris sa main, suçai son pouce, il gémit, le son fut comme une balle, il monta par ma colonne, ma trachée, ma gorge pour trouer ma bouche, ma langue contre le tranchant de son ongle, la dureté de ses phalanges au bord de mes dents. Son pouce humide glissa sur ma lèvre, mon menton, il pressa un point entre mes deux clavicules, les doigts ouverts dans mon cou. Il se leva, m'embrassa, ça dura, longtemps. Il retira son T-shirt. Il dit :

– Est-ce qu'il se passe quelque chose entre Ellie et toi ?

Je reculai, un poids dans les yeux que je chassai en secouant la tête, un trait de froid sur ma peau, où sa salive séchait. Le mensonge m'écorcha :

– Non. Non.

J'attendis qu'il me perce à jour, je gardai la tête basse, mes pieds nus sur le parquet abîmé, les orteils plissés par le désir et la peur. Cosme marcha vers moi, me fit lever les yeux, sa bouche sur mon front, mon nez, mes lèvres, ses mains sur le bouton de mon jean, le bruit de la braguette, il parla dans mon oreille :

– Déshabille-toi.

Il quitta la pièce, je cherchai mon souffle comme après une apnée, je m'assis sur le lit, le drap rêche sous ma paume, vieilli. Cosme revint avec les capotes. Il me trouva rigide au bord du matelas.

– Tu veux qu'on arrête ?

– Non.

À nouveau, je secouai la tête, j'essayai de calmer le tambour dans ma cage thoracique, je répétai « Non », j'avais l'impression de ne plus connaître que ce mot. Il s'agenouilla devant moi.

– C'est la première fois ?

– Non.

Il caressa mes cuisses, le frottement de la toile du jean, il chuchota :

– Tout va bien se passer.

Ses doigts accrochèrent les manches de mon T-shirt.

– Je vais le faire.

J'expirai en tremblant, il tira sur mon col, le tissu se retourna, les bras prisonniers, le nez dans les fibres, il pouvait m'étouffer. Il me poussa pour que je m'allonge, ferme, je montai les hanches pour qu'il me retire mon pantalon, mes sous-vêtements, ses mains éprouvèrent tout, la mollesse de mes flancs, le renflement de mes côtes, mes tétons brunis sous sa langue, ses boucles coulaient sur ma peau comme des vipères. Je mordis dans mon poignet quand sa bouche effleura mes poils pubiens, il se redressa, s'humecta les lèvres comme on se lèche les babines.

– Ça, tu as déjà fait ?

– Non.

Il se déboutonna, glissa une main dans son caleçon, le relief de ses doigts et de son sexe, ça lui arracha un grondement.

– Cos…

– Ne parle pas.

Ma gorge se ferma, je déglutis, j'étais à sa merci. Je crus que j'allais pleurer pendant qu'il ouvrait la capote, je pensai à Ellie : « C'est quand la dernière fois que tu as mis ta langue sur du latex ? » Il toucha ma hanche, il gronda encore, les poils drus de mon pubis sous sa main, les battements, le sexe gonflé, il allait mordre, non, il me huma, un gibier qu'on évente, il cala mes cuisses sur ses épaules et m'engloutit. Je serrai les dents, plus de voix, je m'accrochai aux draps, transpirai, des gouttes derrière mes oreilles, dans mon dos, à l'orée de mes fesses, et lui entre mes jambes, paupières closes mais gueule béante, à me dévorer. Il perdit mon contact quand je voulus me redresser pour le voir, il feula, pressa ma cuisse pour me retenir, « Ne bouge pas. » Sa bouche retrouva mon sexe, goulue, ogresse, je sentis sa voix vibrer autour de moi. Je balbutiai des bouts de choses, il dit : « Chuuuuut », il allait et venait, il m'écouta monter, m'emmena au bord, ralentit, et là, il me fit supplier : « Non » « Cosme » « S'il te plaît » « N'arrête pas », les mêmes mots qu'Ellie derrière le mur. Il leva les yeux vers moi, « S'il te plaît », fauves, « Encore », brillants, « S'il te plaît. » Ses ongles me griffèrent, il lâcha ma main pour se toucher sans cesser de me regarder, « S'il te plaît », il grogna, je battais, vibrais, je roulai des hanches pour m'enfoncer dans sa bouche. Ses yeux s'ouvrirent plus grands, je jouis dans sa gorge, il bondit vers moi, un chien sur une artère. Ma main se ferma sur son sexe pour l'aider à finir, je léchai son cou, je l'écoutai râler, il s'effondra sur moi, secoué, tout son poids, les rafales de l'orgasme, le goût du fer, de la viande, la fin de la chasse.

Après la deuxième fois, on laissa les draps dans la panière comme l'avaient demandé les propriétaires. Je sortis les poubelles, on chargea les sacs dans le coffre quand Ellie revint. Cosme la serra dans ses bras, elle décolla du sol, elle rit :

– Ça a été ? Vous avez fait quoi ?

– Rien, on s'est fait chier.

Je verrouillai la maison, déposai les clés dans la boîte aux lettres. Cosme prit le volant, la musique revint, « *I never thought that it would be like this, my first love, the last time* ». Il recula, braqua, fit signe aux gars du troquet à travers la vitre. La mer resta derrière nous, les algues, le sel, et bientôt, la tempête.

RUINES

16

Ça ne pouvait pas bien se terminer, je le sais maintenant que j'ai grandi, connu d'autres histoires après eux, d'autres personnes qui m'accueillirent et me désirèrent, une surtout, elle est là en ce moment, dans le lit en face de mon bureau, elle tourne les pages d'un roman qui la fait rager d'ennui, elle soupire : « C'est vraiment n'importe quoi ce qu'il raconte, le mec qui a écrit ce truc, sur l'amour. »

Ça ne pouvait pas bien se terminer parce que j'ai fait des erreurs, j'ai menti, refusé de parler et de dire, à l'un, à l'autre : « J'ai envie de toi comme de lui, comme d'elle, ça ne m'était jamais arrivé et ça me terrifie », et parce qu'eux aussi se sont tus, eux aussi ont eu peur, de se perdre, de me perdre, d'ouvrir leurs corps et leurs cœurs autant qu'il aurait fallu. Le moment le plus ridicule, après la fin, fut un matin de septembre. Mon père m'emmenait au lycée, la radio marchait, « Quand t'es pas là, toi, là où les mots font s'aimer les hommes, si tu entends ça, je te pardonne ». J'ai pleuré si fort qu'il a fallu me ramener à la maison.

On ne pense jamais rencontrer un truc pareil. Personne n'est prêt quand ça arrive, surtout pas là d'où je viens, où le désir ne compte pas, c'est autre chose qui guide, un carcan, une série de conventions. Les gens vont par paire, homme/femme, ils se rencontrent au lycée, en boîte, au boulot, ils se marient, les femmes accouchent et voilà. Tous ceux qui dérogent à cette règle sont déclarés suspects. Antoine, qui fit son coming out dans un souffle l'été de sa première, il y avait un tel silence dans le salon, personne ne le regardait, grand, mince, seul, mon père avait dit : « Je ne veux plus en entendre parler, tu as d'autres choses à penser », mon frère avait hoché la tête, voix blanche, creuse : « Oui, oui c'est vrai. » Catherine, la mère de Gabin, elle avait quitté Bruno, son mari, mais pas vraiment, en fait elle avait déménagé dans le village d'à côté, elle voulait vivre seule. Gabin dormait là-bas trois fois par semaine, Bruno aussi, ça ne leur posait aucun problème mais ça rendait les copains de chasse malades, Stéphane et mon père s'enflammaient tous les week-ends : « C'est trop facile leur truc chacun chez soi et merci bonsoir c'est pas ça la vie. » Et moi, qui ne savais que répondre quand on me demandait « Tu veux sortir avec qui ? » « Filles ou gars ? » « Tu l'as déjà fait ? » Je trouvais ces questions morbides, je me haïssais de ne pouvoir les trancher car à la récré, dans les familles, chez les amis, la sentence était la même qu'ailleurs : des couples, des rivalités, des options posées sur les corps. Nous étions la suite logique des binarismes et des restrictions, les enfants de nos parents.

Entre Ellie, Cosme et moi, tout s'arrêta en dix jours.

L'autoroute était bouchée, Ellie fit la queue aux toilettes d'une aire de repos pendant une éternité, Cosme attendait assis sur le capot de la Kangoo. Sur le parking, des camions à la pompe à essence, des pauses clopes, des enfants endormis dans des sièges-auto. La lumière déclinait, roses, oranges, virgules de gris, les jours raccourcissaient, l'été aussi. Je triturais l'emballage d'un Kinder, je pliais et repliais le papier, portière ouverte, jambes allongées.

– Tu vas parler à Ellie ?

Cosme but une gorgée d'eau, il suivit des yeux deux gars qui ne se touchaient pas.

– Si on veut continuer, il faut que je lui en parle. Sinon, pas obligé.

– Tu ne lui dis pas tout ?

– Je lui dis ce qui compte.

« que tu comptes ne change rien »

Il bâilla, se leva, me tendit sa bouteille, eau tiède, bulles passées. Je ne le digérais pas de la même façon qu'Ellie, tout m'avait semblé lumineux et organique après elle, mon corps était vivant, cinglant, je sentais le sang couler, mes poumons s'écarter avec l'air que j'inspirais. Cosme me laissait comme une carcasse.

Il faisait presque nuit quand on arriva à la maison, village calme, lumières aux fenêtres. Ellie sonna chez Stéphane et Marie, elle leur avait rapporté des choses de la mer, des salicornes, des caramels, du sel parfumé. Marie l'embrassa, elle nous invita à entrer : « Venez, venez, je suis sûre qu'il n'y a rien à manger chez vous, je vais vous faire des sandwichs, c'était bien, vous vous êtes bien amusés ? » Léon courut vers moi, je l'accueillis comme un doudou, le dos sur le carrelage, les poils drus dans le nez. Il laissa des traces poisseuses sur mes doigts et se coucha sur mon ventre, la tête enfouie dans mon cou. Vlad s'étira, regarda Ellie. Elle tendit la main. Il y nicha la truffe.

– Tu as eu des nouvelles de tes parents, Max ? demanda Marie.

– Un peu.

– Ils ont laissé deux nouveaux dossiers aujourd'hui, ils croisent les doigts, ils en ont marre.

Cosme croqua dans son deuxième sandwich, essuya la mayonnaise sur son menton.

– Ils cherchent dans quels quartiers ?

– Ils voulaient plutôt le sud, mais bon, là je crois qu'ils prendront le premier truc qui passe.

– Oui, ce n'est pas facile.

– Vous êtes dans quel coin, vous ?

– Le centre, dans l'appartement des parents d'Ellie.

– Notre fille est à Bourg-la-Reine.

Cosme sourit sans répondre, la conversation n'intéressait personne, elle occupait, faisait distraction, elle retardait les mots qu'il faudrait dire bientôt, et que nous craignions de prononcer. Ellie se taisait, Vlad avait posé sa tête sur ses cuisses, fermé les yeux, babines molles. Stéphane siffla pour l'appeler. Une oreille du chien bougea. Il n'obéit pas.

– Eh bé. Tu l'as ensorcelé.

À quelques mètres du corps de ferme des Delgado, Ellie me demanda si je voulais regarder un film, boire une tisane, « Tu peux rester dormir aussi, il y a de la place. » Cosme était déjà à la porte, il l'ouvrit, alluma la lumière, sa silhouette dans le contrejour, trou noir, contours nets, tranchants. Il disparut, le bruit des sacs qu'on jette par terre, Ellie croisa les bras sur sa poitrine, elle frissonna.

– Je vais aller me coucher, répondis-je. Je suis HS.

Son menton trembla, elle se frotta les yeux, hocha la tête et traîna les pieds jusque chez elle, nuque courbée. Je sentis un fil se tendre, menacer de rompre.

Je retrouvai la maison de mon enfance comme après un long voyage. Les meubles me semblèrent plus petits, serrés, les plafonds bas, un décor de poupées. J'avais laissé mes draps dans le garage, ils étaient froids, humides, je fis mon lit dans les odeurs de lessive, fleurs artificielles, prairies vides. Par terre, des fringues sales que je ramassai, des mangas que je posai sur mes étagères, j'allumai toutes les lumières pour contrer la solitude, l'angoisse de ce qui se jouait en face, sans moi, les mots crachés pour dire que j'étais entre eux, que je leur avais menti, qu'il fallait me quitter. Je scrollai mes réseaux, commentai des vidéos de tir à l'arc, likai des photos que je regardais à peine. Les publis d'Andréa avaient changé, moins de selfies, plus rien de Pierre, quelques paysages, des bouteilles et des feux de camp, les paroles d'un couplet sur la photo d'un lever de soleil face à la mer : « Un regard, un mytho, un sourire, et le cœur qui ne veut plus se nourrir ». Ma colère à son égard me sembla dérisoire, j'amorçai une trêve, envoyai un émoji avec une larme. Elle répondit par un visage souriant. Je dis :

Vous rentrez quand ?

Elle écrivit :

Après demain

Puis :

Jpp

Heureusement y a Gabin

Toi ça va ?

T'étais à la mer aussi ?

La lumière bleue de l'écran me piquait les yeux, le curseur du clavier, les suggestions de mots quand j'appuyai sur le « C », « Ça », « Comment », « Cosme ». J'effaçai, je dis :

Je te raconte quand tu reviens

Si t'es ok

Elle lika le message, je fixai le cœur rouge, m'y amarrai pour me rassurer. Même si ça s'arrêtait, même si ça explosait demain, il resterait des gens, des mots, des liens. Tout passe, avait dit Cosme à Chris. Et tout se répare.

Je veillai jusque tard, la tête dans les coussins du canapé, la télé en fond, des vieux clips, couleurs passées, grain grossier, « *Words like violence, break the silence* ». Ellie était connectée, j'ouvris la conversation, je tapai un message que je n'envoyai pas, avaient-ils parlé, que s'étaient-ils dit, avaient-ils explosé ? Je zoomai sur le selfie du matin, son visage, celui de Cosme, le mien, rien du drame absurde qui s'était noué entre nous ne transparaissait à l'image, nous avions simplement l'air heureux et pleins, un groupe que rien n'ébranlerait jamais. Je luttai contre le sommeil, me persuadai que ne pas dormir retiendrait la nuit, empêcherait le jour d'éclore. Mais le ciel changea, demain s'imposa, et avec lui, le moment où tout allait finir.

17

Il arriva à midi. J'étais sur la balançoire dans le jardin, ma mère m'expliquait au téléphone que leur dossier avait été accepté, un studio dans le 12e, pas loin de Porte Dorée, c'est pratique en voiture mais il faut meubler, monter une petite cuisine, ça va nous prendre une dizaine de jours, je vais demander à Marie de te faire des courses. Je répondais par monosyllabes, « Oui » « Non » « Hum hum », tu ne t'ennuies pas trop, tu as des nouvelles de Gabin et Maëva, Paris est fatigant, ton père est de mauvaise humeur, on a hâte de rentrer, tu nous manques tu sais Max, ta frimousse me manque. La porte de la baie vitrée coulissa derrière moi, je me retournai. Cosme était sur la terrasse. Ma mère :

– C'était bien la mer ?

Un silence, long, pesant.

– Oui. Oui, c'était bien.

– Ça va ?

– Oui.

Cosme balaya les cadavres d'insectes échoués sur la table, il s'essuya la main sur son T-shirt de course, fixa son attention sur le thermomètre accroché au mur par mon père, ça mesurait tout, le vent, l'humidité, la température clignotait avec un soleil plus ou moins couvert.

– Tu veux parler à ton frère ?

– Non.

Cosme tira une chaise en plastique sans s'asseoir, je piétinai, voix nouée, une boule dans le plexus :

– Il faut que j'y aille, maman.

– Oui d'accord.

Cosme croisa les bras, campé sur ses appuis. Ma mère dit, inquiète :

– On rentre bientôt, chat, d'accord ? Bientôt.

– Oui. Bisous.

Je raccrochai, des traces moites sur l'écran, la voix de Cosme fusa avec la netteté d'un rappel au sifflet :

– Pourquoi tu ne m'as rien dit ?

Il avait perdu sa souplesse, buste droit, menton haut, l'arrogance des grands blessés, la même rigidité que les gars du fond de ma classe, ceux qui enchaînaient les conseils de discipline et que les profs envoyaient en ateliers relais parce qu'ils ne savaient plus quoi en foutre.

– Pourquoi, Max ?

– Je ne sais pas.

– Je m’en doutais en plus, je ne sais pas pourquoi j’ai choisi de te croire.

J’étais en pyjama, cheveux plats, à blanc. Il soupira, se frotta les yeux, se massa la mâchoire. Je grattai de mon pied la terre sous la balançoire, là où l’herbe ne poussait plus. Je demandai, très bas :

– Et toi, tu lui as dit ?

– Pour ?

– Pour hier.

Il haussa les sourcils, recula la nuque, bouche entrouverte, un sursaut, un hoquet de mépris et de confusion. Il se leva pour partir, dos tendu. Le contrejour du salon l’engouffra.

Ellie me rejoignit en début de soirée. Elle me serra dans ses bras, se coucha contre moi dans le canapé, je compris que Cosme s’était tu. Elle dit : « Il l’a bien pris » « Il veut nous laisser du temps », des mots forcés, qu’on pousse hors de soi pour y croire. Elle mentit : « Il ne t’en veut pas », je pensai : « Il te dit ce qui compte. » Je l’étreignis, caressai ses cheveux, il aurait fallu se redresser et la détacher de moi, tirer les choses au clair, mais j’étais aphone, elle était dans mes bras et j’avais envie d’elle, une faim féroce. Elle leva la tête, un soupir aigu lui échappa, un bruit de plaisir ou de sanglot qui remplaça les mots qu’on aurait dû se dire. Je retrouvai sa bouche avec délectation, la blondeur des poils de ses bras, le duvet sous ses aisselles, j'y blottis ma langue, elle chuchota en tirant mes cheveux : « J'ai faim, j'ai tellement faim de toi. » Je la vis complètement nue pour la première fois, la poitrine fondue dans les autres lignes de son corps, taille droite, hanches droites, osseuses. Elle se cambra contre mon ventre, elle tint ma main entre ses jambes pendant que j'entrai en elle, mon bras écrasé par sa tête, elle embrassa mon poignet quand ce fut terminé. On mangea des pâtes nature dans une casserole, le goût plat, la texture molle, on monta dans ma chambre. Le velux resta fermé, la porte d'entrée, la baie vitrée, les volets aussi, il fallait se protéger, protéger Cosme des bruits, des peaux qui claquent, des éclats de voix, assourdir la musique qui s'échappait de la bâtisse des Delgado, *« Dreaming of sharing love, my tongue at a loss for words »*. On dormit dans mon lit une place, bras, jambes, doigts mêlés, les emballages des capotes sur le plancher. J'avais ses cheveux dans la bouche, le bruit de sa respiration, les odeurs âcres du sexe, des corps humides et chauds. Ça me retourna le cœur.

Après, les conversations disparurent. Les mots devinrent pratiques, des messages le matin : « dis-moi quand tu te réveilles », l'après-midi : « Cosme va courir je viens », le soir : « Cosme regarde un film que j'ai déjà vu je te rejoins », chaque heure volée, dévorée dans l'urgence. Elle arrivait tôt car Cosme dormait tard, j'ouvrais la porte sans avoir ouvert les yeux, elle se collait à moi, l'espace entre nous se réduisait à une poignée de centimètres carrés, un maillage serré, dense, les contours du corps imprimés sur l'autre, les traces, les morsures, les suçons jaunes et violets dans le cou, sur les flancs, et tout ce qui se mélangeait et passait de bouche en bouche, de lèvres en lèvres, des goûts qui n'existent pas ailleurs, qui ne sont là que dans ce moment, qu'à l'intérieur de l'autre, et qui habitent encore, quand c'est fini, qu'on a repris ses esprits, que le monde redevient le monde. La facilité avec laquelle nous couchions ensemble me déconcertait. Ellie savait tout dire, tout exprimer, ses envies étaient limpides, je presse ton épaule une fois si je veux que tu accélères, je presse deux fois si je veux que tu ralentisses, je te dis si tu me fais mal, je te dis si je veux que tu arrêtes, je n'aime pas ça, je ne veux pas ça, ça je ne sais pas, attends, peut-être plus tard, peut-être après, ça, là, continue ça, encore, encore, encore. Ensuite, je somnolais la tête posée sur ses reins, je comptais les grains de beauté entre ses omoplates, les taches de rousseur que le soleil faisait sortir sur son nez, je savais la peau qui brunissait à l'intérieur de ses cuisses, la veine bleue qui contournait sa rotule, l'ecchymose verdâtre sur son biceps, une autre qu'elle se fit en se cognant au lavabo de la salle de bains quand je voulus l'y asseoir pour l'empêcher de partir. Je perdis le sens des couleurs, ne restaient que les nuances de sa peau, l'argile dans la nuque, le lin de sa tignasse courte, le blé de son pubis. Les frisottis me chatouillaient le nez quand elle fermait ses jambes sur mon dos, tenait ma tête, le pont de ses reins sur le vieux matelas de mon lit, je l'avais depuis mes dix ans, j'avais réclamé plusieurs fois qu'on le change car il était tassé, cabossé, mais à présent qu'Ellie y avait imprimé la forme de ses fesses et de ses coudes, à présent que les ressorts grinçaient sous le débit de ses hanches, je voulais y dormir toute ma vie.

– Est-ce que c'est pareil avec Cosme ? demandai-je un matin.

Une semaine était passée depuis La Rafale, l'aube perçait les nuages à travers mon velux. Ellie se tourna vers moi, les yeux clos, les lèvres rougies par ce que j'avais fait quelques minutes plus tôt.

– Comment ça ?

– Quand vous couchez ensemble.

La phrase tomba comme du plomb, je ne la pensais pas si brutale. Je frissonnai, rabattis la couette sur mes épaules malgré la torpeur qui m'écrasait, la chaleur précise des premières heures du jour. Ellie resta silencieuse, longtemps, une petite veine bleue battait sur sa paupière. Et puis :

– C'est différent.

– Pourquoi ?

– Parce que vous n'êtes pas la même personne.

– C'est mieux ?

Elle fronça les sourcils, se tourna sur le dos, un bras sur les yeux, l'autre en travers de la poitrine.

– Ce n'est pas la même chose, c'est tout.

– Mais pourquoi ?

Elle tiqua, un son d'adulte, de discipline, j'eus l'impression qu'elle me rappelait à l'ordre, ça me vexa. Je me levai, enfilai des vêtements sans forme et quittai la chambre.

À la cuisine, je fis du thé. La bouilloire siffla pendant que j'ouvrais les volets, la lumière me piqua, des mouches entrèrent dans le salon. J'allumai la télé, une chaîne de clips, un gars tournait dans un décor coloré : « *In this world, it's just us. You know it's not the same as it was* ». Ellie me rejoignit, teint giflé par la douche, cheveux dégoulinants, noirs d'eau, ça appuyait les cernes sous ses yeux, la forme dure de son nez.

– C'est quoi ces questions de merde, qu'est-ce que tu cherches ?

Mes oreilles bourdonnaient, l'air était électrique, « je lui dis ce qui compte » « que tu comptes ne change rien ». J'essayai de fuir :

– Laisse tomber.

– Tu veux savoir combien de fois on baise par jour ?

– Non.

– Comment il me lèche ? Tu veux savoir ce que je lui fais ?

– Non.

– Est-ce que je le suce, est-ce que je le branle en le regardant droit dans les yeux, ce qu'il met à l'intérieur de moi, sa queue, sa main, sa langue, les objets qu'on achète, la forme qu'ils ont ?

– Arrête.

– Ce que moi je mets à l'intérieur de lui ?

– Arrête, Ellie, s'il te plaît.

– Est-ce que je le supplie, est-ce que j'insulte, est-ce que je pleure tellement c'est bon, est-ce que je l'appelle mon bébé ma vie sale bâtard nique-toi prends-moi prends tout je t'aime bordel je t'aime ?

– Arrête, putain !

Ma voix tapa les murs de la cour et se répercuta sur les grilles du chenil vide à côté du poulailler, je me mordis la langue pour retenir les mots que je voulais crier : moi aussi, je sais ce que peut faire Cosme. Ellie me toisa, la nuque pointue, l'os saillant du poignet, elle était si différente de la première fois où je l'avais vue, elle ressemblait à une grande aiguille. Elle ouvrit la bouche pour parler, se ravisa, elle claqua la porte si fort que mon thé trembla. Je restai les bras ballants, hors d'haleine. Dans son sillage, un parfum neutre, clinique, un goût de parapharmacie qui ne signifiait rien.

18

Je crois que trois jours passèrent. J'écrivis : « Pardon, excuse-moi, je ne voulais pas, c'était nul, maladroit, je m'en fous, il n'y a que toi ». Je me rendis compte que j'avais dit la même chose à la mer quand je lui avais menti, je voulus supprimer mon message mais c'était trop tard, elle l'avait ouvert.

Attendre qu'elle réponde était abrutissant. Les journées passaient sans cap, je tournais en rond, je tirais sur les mêmes cibles avec les mêmes flèches, les mêmes cartons avec les mêmes plombs, je passais des heures dans le rocking-chair de ma mère sur le perron à guetter, la chaleur grave, le calme délirant du village. Des éclats de voix ou de musique montaient parfois de chez les Delgado, je m'y accrochais comme à une bouée, comme on cherche l'air dans la noyade. Je n'osais pas traverser la rue, la bâtisse m'était fermée depuis qu'Ellie et moi couchions ensemble, accord tacite plus que commun, espaces scindés, détricotés. Ça me manquait, les pièces claires, les plafonds hauts, la sobriété des meubles et le tissu doux des chaises, des fauteuils, des canapés, les après-midi à ne rien faire au bord de la piscine, autant de souvenirs qui signalaient ce qui était perdu, elle, Cosme, le trio, le triangle, ils continuaient de s'aimer quand tout, pour moi, s'était arrêté.

Gabin s'imposa un matin. Il sonna, tapa à la fenêtre de la cuisine, il colla son front à la vitre, « Max putain, ouvre, je me doute que tu fais la gueule vu comment tu m'as salement ghosté mais bon, on a passé des vacances merdiques si tu veux tout savoir, en vrai t'as bien fait de pas venir. » Il lança des cailloux sur les carreaux, il raconta les trois semaines dans le Sud derrière la porte, voix lointaine, étouffée : « Maëva nous a cassé les couilles d'une force, gnagnagna, vous faites trop de bruit, gnagnagna, c'est la honte devant mes grands-parents machin, Pierre a passé ses journées à saouler Andréa, on est ensemble, tu parles à personne, c'est moi ton mec, t'as pas intérêt à aguicher sur la plage, elle a fini par lui foutre la misère à une soirée, genre devant tout le bar elle a gueulé tu me fais chier Pierre, tout me fait chier chez toi, ta voix me fait chier, tes conversations me font chier, même ta bite me fait chier, j'avais jamais vu un truc pareil, c'était incroyable. » J'ouvris la porte, il était assis sur les marches du perron, bronzé, cheveux blondis, la fin d'un coup de soleil sur le nez.

Le voir fut étrange, comme si des années étaient passées depuis le début de l'été.

– Elle m'a parlé de toi, dit-il en me souriant, joues pleines.

Je m'assis dans le rocking-chair, un pied sous ma cuisse, le siège grinça. Gabin continua :

– Elle m'a raconté ce qui s'était passé à la soirée du bac, chez Dylan. Pourquoi t'as été dire ça à Maëva, sérieux ? C'était sûr qu'elle allait foutre la merde.

La tranquillité de son ton fit trembler mon genou. Je répondis :

– Peut être que c'était ce que je voulais.

Gabin regarda devant nous, le chenil vide dans lequel ma mère stockait les jouets pour les enfants, le poulailler, la vieille grange où je tirais mes plombs et mes flèches. Ses traits s'étaient affirmés, débarrassés de l'enfance, il dégageait une solidité patiente. Il se gratta la clavicule, chassa un moustique.

– Et toi, tes vacances ?

– Moi, rien.

Il haussa un sourcil, me regarda sous la fine monture de ses lunettes, elles ne lui allaient pas du tout, sa tête avait l'air immense. Un moment passa, un silence. J'avais peur qu'il insiste car, alors, je ne saurais expliquer, quoi, quand, dans quel ordre mais il se tapa les cuisses, se leva : « Bon », je me demandai quand le garçon pataud que je connaissais depuis le CM2 était devenu ce gars robuste, délicat. Ses doigts touchèrent les poutres de l'auvent quand il s'étira.

– On va faire du quad avec Riyad et Clem cet aprem. Tu viens ?

Quitter la maison me pinça. Je verrouillai la porte avec une pointe d'anxiété dans le bide, je traînai les pieds jusqu'au portail, que ferait Ellie si elle venait et ne trouvait personne, que penserait-elle de ce que je voulais d'elle, fallait-il la prévenir, et pour quoi faire puisqu'elle n'écrivait plus ? Je baissai les yeux pour ne pas voir la façade des Delgado, les volets ouverts, la Kangoo, les ombres derrière les rideaux. Gabin continuait de raconter les vacances : « Pierre était là : Ouais machin, après le bac, on va prendre un appart, je vais voir avec mon père, je vais acheter tout seul, Andréa peut pas, ses parents gagnent que dalle, c'était tellement abusé ma parole, la pauvre Andréa elle s'allongeait sur une serviette et elle attendait que ça passe, et Maëva, cette connasse, dès qu'elle n'était pas là, elle disait : Cette meuf elle fait la fraîche mais tout le monde sait que c'est une pute. Ils ont parlé de ma mère aussi à un moment, oh là là : Oui quand même franchement pour ton père, c'est pas facile, elle joue avec lui, elle sait pas ce qu'elle veut, blabla, mais c'est quoi votre problème en fait, genre à quelle heure ça vous regarde ce que ma mère fait de sa vie ? » On remonta les deux rues qui séparaient la ferme de Gabin de chez moi, Riyad, son cousin, et sa copine Clémence, nous attendaient avec les quads, ça me fit plaisir de les voir, ils étaient un peu plus vieux que nous, amoureux, heureux. On roula dans les chemins de terre derrière la ferme, on fit peur aux troupeaux de vaches dans les pâtures, une cavalière en balade nous engueula quand on déboula en haut d'une montée à pleine balle, son cheval fit un gros écart, il glissa, ronfla, on la dépassa dans le rugissement des moteurs. Je pensai à Iago, Mélusine, à Ellie et à Cosme mais les secousses du quad m'obligeaient à revenir aux cris de Gabin. Au bout d'un moment, le présent l'emporta. La vitesse me sortit de la paralysie.

Andréa nous rejoignit pour le goûter. Elle laissa son scooter dans la grange, elle marqua un temps quand elle me vit, hésita puis sourit, calme, décidée.

– Salut, Max.

Elle aussi me sembla changée, fatiguée, l'intempérance et les excès en veille, elle but un Coca pas frais, mangea une tranche de quatre-quarts, j'avais l'impression qu'elle luttait pour tenir les morceaux d'elle-même. Bruno rentra des champs avec ses deux chiens, il se fit un café, il dit : « Catherine est rentrée d'Auvergne hier, elle ne va pas tarder, vous restez manger ce soir ? » Ma mère m'appela, ils revenaient après-demain dans la soirée, je raccrochai, la tête vide. Toujours pas de message d'Ellie.

On fit un foot dans la cour, les T-shirts pour marquer les cages, les odeurs de l'élevage de porcs derrière la ferme, l'horizon plat des champs de betteraves et de pommes de terre. Andréa me sauta au cou quand je marquai le but de l'égalisation, elle cria, fit une blague que je ne compris pas et à laquelle Gabin rit de bon cœur. Clémence aida Catherine à couper des tomates et des concombres, Riyad et Bruno eurent une grande discussion sur les moteurs de moissonneuses-batteuses, je bus une bière, deux bières, je ris quand Gabin imita Pierre qui râlait au restau de plage, le ton précieux, arrogant : « Oui, c'est chiant quand même y a du sable, y a du vent, y a du bruit, faudrait faire des océans avec que de l'eau propre, genre des piscines en fait. » Andréa rit aussi mais moins fort que les autres, cassée.

Elle me ramena en scooter. Ça prit deux minutes, je n'avais pas de casque, le vent dans mes cheveux, sur mes joues.

– Tu veux entrer boire un truc ? demandai-je en mettant pied à terre, la perspective de retrouver une maison vide ne me plaisait pas.

Elle leva sa visière, le visage mangé par la nuit, elle coupa le moteur, me suivit dans la cuisine. La tristesse de la pièce me sauta aux yeux, vaisselle sale abandonnée, des affaires partout, du linge propre vieux de six jours que je n'avais pas décroché. Andréa posa son casque, j'aperçus une éraflure au coin de son coude, elle traça des lignes de miettes sur le plan de travail. Je n'avais rien d'autre à lui offrir que de la camomille, je repensai à Ellie, sa colère dans le sifflement de la bouilloire, je remplis les tasses, je dis :

– Viens, on va dans le jardin.

Il faisait bon encore, j'allumai la terrasse, des moustiques et des cousins effleurèrent les ampoules de la guirlande suspendue au-dessus de la table. Andréa me sourit en pressant sa tasse entre ses mains, elle souffla sur la tisane, se brûla. La question m'échappa :

– C'est fini avec Pierre, alors ?

Elle plissa le nez, elle eut l'air d'une très petite fille.

– Oui.

Elle but à nouveau, posa sa tasse, joua avec l'anse. Elle avait les mains larges, calleuses, les ongles rongés. Elle retint un rire sans joie.

– Mais bon, ce n'est pas très étonnant.

– Qu'est-ce qui s'est passé ?

Elle haussa les épaules, baissa la tête, frotta une tache sur la tranche de son index. Je cherchai les restes des débordements qui m'avaient tant plu au lycée, ses contours étaient brouillés, ses silences prudents. Elle ressemblait à un champ de ruines.

– Rien de particulier, juste il m'a... Enfin, c'est moi, je me suis trompée, j'ai cru que ça marcherait parce qu'il avait l'air gentil. Je ne pensais pas qu'il deviendrait ce mec-là, à vouloir m'enfermer.

– Tu ne pouvais pas savoir.

– C'est juste que...

Sa voix s'éteignit, se mua en sanglot, elle se reprit de suite, se redressa, nos regards se croisèrent, je sentis les larmes au bord à mon tour, ma gorge se ferma, c'était moche, vraiment, de comprendre qu'on n'avait pas su se trouver.

– Tu avais raison, tu sais, dit-elle.

– Sur quoi ?

– Quand tu as écrit que j'étais lâche. C'était vrai.

– Non.

– Si, c'était vrai. Je n'avais jamais rencontré quelqu'un comme toi, ça m'a retourné la tête, je te jure, je ne pensais qu'à ça, et j'ai été lâche, j'ai eu peur.

– C'est deux choses différentes.

Elle s'essuya les yeux, le nez, je me tassai dans la chaise en plastique. Une araignée grimpa le pied de la table.

– J'ai choisi Pierre parce que j'ai cru que ça me protégerait de plein de trucs, de ce qu'on disait de moi, « C'est une pute » et tout ça. C'était une connerie, je l'ai compris dès qu'il a posé ses mains sur moi après la soirée chez Dylan, c'était horrible, Max, horrible.

Elle se tut, puis ajouta, défaite :

– Ça avait toujours été horrible en fait. C'est juste que je ne m'en étais pas rendu compte.

L'araignée traversa le plateau, Andréa tendit la main pour l'accueillir sur sa paume, l'animal la contourna. Elle avala sa salive, dit, dans un souffle :

– Je suis tellement désolée.

Je déglutis, le bruit résonna à l'intérieur de moi. Je murmurai :

– Moi aussi, j'ai fait une connerie.

Andréa se pencha pour prendre ma main, sa paume était chaude. J'avais mal partout, des crampes, je ployais sous le poids de ce que je portais depuis trois semaines, une histoire trop grande pour moi et qui m'écrasait.

– Mes parents et mon frère sont partis à Paris, je n'avais rien à foutre de mes journées et avec ce qui s'était passé entre nous, j'étais super triste. J'ai rencontré cette fille, elle est là avec son mec en ce moment, tous les deux, ils m'ont… Je ne sais pas.

– Il s'est passé des trucs ?

Elle chuchotait, douce, attentive, je hochai la tête, les mots sortirent comme en torrent, une logorrhée de honte, de culpabilité.

– J'ai couché avec elle. Elle a voulu en parler à son gars tout de suite, elle disait que c'était OK, qu'il s'en foutrait parce qu'ils faisaient ça des fois, ils se tapaient d'autres personnes. J'ai dit non parce que je voulais me le faire aussi et que je savais que ça ne serait plus possible au moment où elle lui dirait ce qui s'était passé entre nous.

Andréa pressa ma main, avança sa chaise. Ça me brûla mais je dis :

– On est allés à la mer, j'ai couché avec lui un jour où elle n'était pas là. Elle ne le sait pas et maintenant je me déteste parce qu'elle a tout fait pour que ça marche entre nous trois, et moi j'ai fait n'importe quoi.

Andréa me lâcha, mon cœur sombra, je crus qu'elle me jugeait, mais ses yeux fixaient un point derrière moi.

Un courant glacé me traversa, je tournai la tête, Ellie était dans l'encadrement de la baie vitrée, figée, souffle coupé. Elle dit :

– C'était ouvert. Je voulais qu'on parl…

Sa voix se troua, son visage se tordit, fondit sous la douleur. Elle s'enfuit avant que je comprenne ce que j'avais provoqué.

19

Ellie fit avec moi comme avec Marion : elle me bloqua partout. À mon réveil, je ne pouvais plus lui écrire, voir ses photos, avoir accès à n'importe lequel de ses réseaux. J'essayai de l'appeler, je tombai sur une messagerie automatique qui me dit que le numéro n'était plus attribué, je traversai la rue pieds nus pour sonner à sa porte, tambouriner au portail. Personne ne m'ouvrit, pas une ombre à la fenêtre, pas une once de musique, la maison était un tombeau. Je respirais sans me remplir, j'aspirais des goulées d'air qui restaient à l'orée de mes poumons.

– Il faut que tu te calmes, dit Andréa en me forçant à m'asseoir sur les marches de mon perron.

– Je n'aurais pas dû t'écouter, j'aurais dû y aller tout de suite hier soir.

– Et tu aurais fait quoi ?

– On aurait pu parler. Je lui aurais expliqué.

– Il n'y a rien à expliquer, Max, elle n'a pas besoin de tes justifications. Pas maintenant.

Elle avait dormi dans le canapé, elle sentait un truc âcre, je lui en voulus de sa franchise, le fait qu'elle ne me plaigne pas, qu'elle ne prenne pas mon parti, mais je savais qu'elle avait raison : il m'avait fallu deux mois et deux corps pour me remettre de la tempête qu'elle avait provoquée chez moi, jamais je n'aurais accepté ses mots, ses excuses juste après qu'elle m'eut brisé les os en juillet. Une voiture passa, une femme et deux enfants revinrent de La Boîte à Gâteaux : « Alexandre, non, tu rends son croissant à ta sœur. » Je repoussai la main qu'Andréa posa sur mon épaule, je fermai les yeux, revis Ellie dans l'encadrement de la baie vitrée, comment la lumière de la guirlande jetait des carrés d'ombres sur son visage, comment j'avais regardé son corps avant le chagrin qui déformait ses traits, comment, au moment où elle avait tourné le dos, je m'étais rappelé ce qu'elle avait balbutié dans mon oreiller la dernière fois qu'elle y avait enfoui la tête : « Fais de moi ce que tu veux. » Les souvenirs bouillants se refroidissaient, tout se délitait là, dans la cour, la poussière, la terre sèche, l'illusion d'un désir sans fin s'effritait comme du calcaire.

– Allez, on rentre. Tu ne vas pas passer ta journée ici.

Andréa monta les marches, je vis qu'il y avait un trou dans sa chaussette blanche, petit, sous la cheville, la plante du pied grisâtre, de la poussière, des miettes. Il fallait que je fasse le ménage avant le retour de mes parents ou je me ferais engueuler, je ne le supporterais pas, je le sentais, je n'assumerais aucune remarque, aucun mot d'autorité au milieu des débris de moi-même. Je me levai pour la suivre, des pas frottèrent la terre battue sous le portail. Cosme s'arrêta en nous apercevant. On resta comme ça pendant plusieurs secondes, à se mesurer, estimer ce qui allait venir. Enfin, il lâcha :

– On s'est séparés. T'as gagné.

J'entendis les mots mais ne sus quoi en faire. J'avais conscience de la silhouette d'Andréa derrière moi, les roucoulements discrets dans le poulailler, une pensée surgit de nulle part : débarrasser le cagibi, maman voulait le faire avant de partir, elle n'avait pas eu le temps.

– Je suis désol...

– Je m'en cogne.

« Elle peut crever, je m'en cogne. » Son mépris me gifla, je trébuchai, marchai jusqu'à lui, Andréa : « Max, non, arrête. »

– T'es en train de dire que c'est de ma faute ?

– Si tu n'avais pas été là, ça ne serait pas arrivé.

La mauvaise foi l'aplatissait, le vertige qu'il inspirait, chaque geste, chaque mouvement qui avait pu me faire languir, tout disparut. J'avais devant moi un gars ordinaire, minable.

– Je n'aurais rien fait si tu n'avais pas commencé.

– Tu déconnes ou quoi ? Qui m'a sauté dessus à Amiens ?

– Tu avais passé dix jours à me chauffer !

– Je chauffe tout le monde, Max, arrête.

– Pas comme ça. Pas comme moi.

– Quoi, tu crois que t'as un truc spécial ?

– Je t'ai cherché mais tu es venu, tu as suivi. Sur le parking, tu as dit que c'était ce que tu voulais.

– Mais genre.

– Ah oui donc je t'ai forcé, bientôt c'est ça que tu vas dire ? Genre dans le salon là, à La Rafale, je t'ai forcé à venir me voir pour me dire : « Demain on aura la maison pour nous » et après je t'ai forcé à me déshabiller et à aller chercher des putains de capotes dans ta chambre et à me baiser dans le dos de ta meuf en disant des trucs du genre « Bordel j'attends ça depuis tellement longtemps », c'est ça que j'ai fait ?

Ma voix portait loin, des fenêtres s'ouvrirent, des velux, un grincement de gonds dans la fin de mes cris. Sur le perron des Delgado, Ellie apparut, elle jeta un sac à dos, des fringues, des baskets, une brosse à dents, des caleçons, elle disparut, revint avec un casque, des bouquins, les gants de boxe, ses gestes étaient précis, catégoriques, toutes les affaires de Cosme volèrent. Elle nous toisa, froide, ravagée :

– Vous me faites pitié.

Elle claqua la porte. On resta immobiles, pétrifiés. Andréa s'approcha, je reculai, m'éloignai de Cosme, de ses paupières réduites à deux fentes de colère et de chagrin.

Il tangua, s'appuya au portail une fraction de seconde, il ramassa ses affaires la mâchoire si serrée que ses joues se creusaient. Il ferma son sac, fit demi-tour, remonta la route qui sortait du village. Je vacillai de le voir battre en retraite.

– Où tu vas ?

– À la gare.

– La gare d'où ?

– Je n'en sais rien, la plus proche, je rentre à Paris.

– C'est débile, tu ne vas pas marcher jusqu'à une gare, t'en as au moins pour une heure et demie.

Il se retourna, des larmes sur les joues, le poids de son sac le fit basculer, il cria :

– Tu veux que je fasse quoi, sans déconner ?

– Je vais t'emmener, dit Andréa.

Elle se tenait en retrait, les bras croisés sur la poitrine, une expression de tension, de tristesse au fond des yeux.

– Mais s'il vous plaît, arrêtez de hurler.

Cosme posa son sac devant ma porte le temps qu'Andréa enfile ses chaussures. J'attendis avec lui, je vis ses yeux sécher, ses poings se desserrer, il redevint le gars que j'avais rencontré le premier jour, une armure d'indifférence et de beauté, pas la même qu'Ellie, qui étirait son corps dès qu'elle se savait regardée, les bras et les jambes interminables, les mouvements gracieux avant de s'affaisser sur sa machine à coudre, son tricot, mon canapé, de se recroqueviller dans mes bras, de se tasser dans mon cou. J'aurais voulu savoir s'ils avaient conscience, l'un et l'autre, de ce qu'ils m'avaient montré de leurs redditions, et si moi aussi je leur avais donné accès à ces images de moi, ce qu'ils en avaient vu, ce qu'ils en garderaient.

– Je ne sais rien de toi, dis-je.

Ma remarque le surprit, il me regarda, pas un sourire, pas un reproche. J'insistai :

– On a passé trois semaines ensemble, on a niqué, on s'est hurlé dessus mais on ne se connaît pas.

– Tu veux savoir quoi ?

– Tu fais quoi dans la vie ?

– Rien, je galère.

– Tu ne fais pas d'études ?

– Non.

– Tu vas aller où si c'est fini entre elle et toi ?

– Chez Chris, chez Cam, chez Vadim. Je vais me démerder. J'ai l'habitude.

L'asymétrie du coût de la rupture me sembla obscène, il perdait tout, l'endroit où il vivait, la fille qu'il aimait, quand je ne perdais rien de tangible, ma fierté, mes illusions, et voilà. Andréa sortit, ferma sa veste, enfila son casque. Cosme s'accrocha au siège.

– Je t'appelle tout à l'heure, me dit-elle.

– Oui.

Elle baissa sa visière, mit le contact. Les pneus crissèrent, le scooter disparut. Derrière lui, un silence de massacre.

20

Je traversai les heures jusqu'au retour de mes parents. J'ouvris la maison en grand, laissai entrer la lumière, l'air chaud, je sortis l'aspirateur du cagibi, un traîneau vieux et lourd dont j'eus du mal à déplier le manche. Ça m'occupa longtemps. J'allais de pièce en pièce, j'avais des moments d'absence, je restais immobile dans un carré de plancher ou de carrelage, le bruit du moteur, le conduit d'aspiration bouché par le bout d'un tapis, le bas d'un T-shirt que j'avais laissé traîner. Je décrochai et pliai mon linge, je rangeai toute ma chambre, je défis mon lit, je pleurai sur l'alaise en respirant ce qui restait d'Ellie dans le coton, des sanglots puissants, asphyxiants, je m'étranglai, éructai. Je regardai les draps tourner dans le tambour de la machine, j'avais l'impression de me dissoudre avec les taches de nos corps serrés, vibrants. Je nettoyai les surfaces de la cuisine à la pierre d'argile, ça laissa des traces blanches sur le granit marbré du plan de travail, je recommençai, deux fois, je passai l'évier au vinaigre, une odeur clinique de désinfection remplaça ce dont je me souvenais d'elle, de lui, c'était comme faire disparaître un crime. J'étendis mes draps dehors, au soleil, j'attendis qu'ils sèchent en fumant, Ellie avait oublié un paquet dans le salon, c'était dégueulasse, ça me brûla la gorge, mais je retrouvai quelque chose de ses baisers, de sa langue, une aigreur salée. J'en fumai une deuxième, une troisième, je toussai, j'écrasai les mégots sur les dalles de la terrasse, je les jetai dans la grande poubelle du garage, je restai devant le tableau de fusibles, menton tremblant, yeux flous. Je nettoyai la douche, les traces de savon et de calcaire sur la paroi vitrée, le mitigeur, le pommeau, les genoux meurtris par la dureté du bac, le dos courbé, à poil dans les odeurs de Cif. Je laissai couler l'eau chaude sur mon visage et ma nuque pendant une éternité après, j'étais d'accord pour me noyer. Je passai un chiffon sur le miroir, sur le lavabo, je jetai les serviettes dans la panière, une était tachée de sang, les règles d'Ellie six jours plus tôt, et dans la poubelle les préservatifs et leurs emballages, mes jambes flanchèrent, je dus m'asseoir. Je rangeai les romans d'Antoine qu'elle avait parfois lus distraitement puis abandonnés au hasard dans le salon, au pied de mon lit, dehors. Je me souvins de ce qu'il m'avait dit, avant de partir : « Je ne savais pas qu'il était possible de souffrir autant pour quelqu'un. »

Andréa appela en visio. Je la baladai avec moi partout dans la maison en lavant des trucs, elle ne posa aucune question, elle ne dit rien de Cosme, de la gare, de ce que je savais déjà : j'avais provoqué quelque chose de moche, je pouvais protester et crier que je n'étais pas coupable, c'était faux, je partageais la responsabilité du désastre, de la terre brûlée sur laquelle je marchais. Je me tus donc, je l'écoutai, raconter ses journées, me montrer où elle vivait, ses trois chiens, ses cinq chats, la maison de plain-pied où elle avait grandi. Elle me présenta son père, la bouille joyeuse en gros plan sur l'écran, elle évita le sujet de sa mère. Elle dit :

– J'espère qu'on sera dans la même classe à la rentrée.

Gabin aussi vint me voir. Je lui ouvris en gants de vaisselle, j'avais trouvé un nouveau truc à nettoyer, il était de dos, les mains sur les hanches, il regardait le poulailler. Il se tourna, ses lunettes trop petites, la combinaison agricole ouverte sur un T-shirt noir poussiéreux :

– T'as vu que t'as une poule crevée ?

– Mais non.

Je dévalai le perron, les pondeuses étaient perchées mais, au milieu de l'enclos, dans la terre et les brins de paille, un cadavre d'oiseau, ailes ouvertes, yeux noirs.

– Putain mais sans déconner.

– Elle était malade ?

– Je n'en sais rien.

J'ouvris le grillage, attrapai la poule par une aile, un os craqua, un deuxième, cou pendant sous les plumes rousses et salies, séchées par l'air chaud.

– Qu'est-ce que tu veux que je foute de ça ?

– Mets-la dans un sac, je la jetterai au fumier chez mon père. Par contre si elle était malade, faut que tu récures tout ou tu vas perdre les autres aussi.

– Tout le poulailler ?

– Ouais.

Quand mes parents arrivèrent, Bruno était en train de passer les cages au jet, je chargeais la paille, les épluchures pourries, les œufs éclatés dans une brouette avec Gabin. J'étais dégueulasse, je sentais la merde d'oiseau et la sueur, le cadavre avait laissé un filet âcre sur mes doigts. Mon père dit : « C'est quoi ce bordel ? » Ma mère me serra dans ses bras, je redevins leur enfant, voilà, c'était fini, l'été, l'indépendance, le temps du désir et de l'errance.

Je fis beaucoup d'efforts, dans les jours qui suivirent, pour qu'on ne me reproche rien, pour qu'on me félicite, pour qu'on m'étreigne même, parfois. J'essayais de compenser le vide laissé par le départ d'Antoine, je regardais le rugby avec mon père le soir, je lui posais des questions sur les en-avant et les pénalités, je lui racontais que j'avais couru pendant les vacances, que j'avais remarqué que la corde de mon arc avait besoin d'être changée. Il dit : « On ira à Intersport demain si tu veux. » Je mangeais à table à tous les repas, je finissais mon assiette, je débarrassais, vidais le lave-vaisselle, ma mère n'en revenait pas que j'aie fait tout le ménage avant qu'ils rentrent. Que je sois capable de tenir cette façade m'étonna et me rassura. Je pouvais fonctionner, je pouvais avancer, c'était le néant à l'intérieur mais je ne voulais rien avoir à expliquer, « Oui j'ai le cœur brisé, c'est à cause d'un gars, c'est à cause d'une meuf, c'est l'un et l'autre, papa, maman, l'un et l'autre, pas l'un ou l'autre, l'un et l'autre, et si j'avais pu les conjuguer, ne faire de leurs deux corps qu'un seul et ne plus savoir dire ce que c'était, le laisser changer et muter au gré de ses envies, au gré des miennes et de ce que je réclamais de caresses, de succion, de pénétration, alors je l'aurais fait. » J'exécutais les gestes qu'on attendait de moi, je répondais aux questions qu'on me posait, je compris l'application, le conformisme, la normalité servile de mon frère. C'était une mascarade. C'était pour avoir la paix.

– Au fait, Max, j'ai trouvé ça sous le canapé hier.

J'étais dans le jardin, j'aidais mon père à débarrasser et trier son vieux matériel de chasse. Je blanchis quand je vis le châle que ma mère agitait dans sa main. Je dis :

– C'est à Ellie, elle a dû l'oublier.

– C'est rudement beau, c'est elle qui l'a fait ?

– Oui.

– Il y a un trou dans la dentelle, il faut le repriser.

– Remailler.

– Hein ?

– Rien.

Je m'assis sur une chaise de la terrasse, j'écoutais ma respiration, ma mère plia le châle, sa voix me sembla loin, un écho plus que des mots.

– T'as qu'à lui rapporter, tu en profiteras pour lui dire de venir boire un coup ce soir avec ses parents, je voulais la remercier de s'être occupée de toi, et puis la mer et tout.

Je bus une gorgée d'Orangina, le sucre me fit mal aux dents, inspirer, expirer, ventre noué.

– Allô, Max, tu m'écoutes ?

– Oui. Oui d'accord.

– Vas-y maintenant, après ça va faire trop tard.

J'avais traversé cette rue tant de fois ces dernières semaines et pourtant, entre les deux grilles du portail de la maison de mes parents, ça me parut impossible d'avancer. La laine du châle était grasse dans ma main, je la pressai, résistai à l'idée d'y coller mon nez, je savais ce que j'allais y trouver, l'odeur d'Ellie, la mienne, c'était trop dur. La façade des Delgado me parut hostile, briques rouges propres, torchis lisse, volets peints, je sonnai, cœur tapant. J'attendis. Des pas derrière la porte. Elle s'ouvrit. Ellie.

– Salut, dis-je, voix blême.

Elle marqua un temps, le gris transparent de ses yeux, la tache verte, une mèche devant l'oreille, elle était livide et cernée, le nez sec, elle claqua la porte sans répondre. Le bruit cogna mes tympans, une barre me transperça le crâne, je laissai échapper un son de détresse, comme le diaphragme se bloque quand on perd son souffle. Je songeai à partir, mentir à ma mère, « Ils n'étaient pas là », mais la Kangoo était garée à sa place, la fenêtre s'ouvrit, la tête de Virginie apparut :

– Ah tiens Max, je me disais bien qu'on avait sonné, je pensais qu'Ellie avait ouvert.

Je souris, inspirer, expirer, je cachai le châle dans mon dos, je dis que ma mère voulait les inviter. Elle accepta avec plaisir bien sûr dis donc ça fait longtemps qu'on n'a pas vu tes parents, on dit 19 heures comme ça j'ai le temps de défaire les valises on est rentrés hier c'est le bazar dans la maison, oui oui à tout à l'heure ça va être super de vous voir tous.

– Attention, tu vas te faire mal, ajouta-t-elle quand je perdis l'équilibre en descendant du trottoir.

Ellie ne vint pas, bien sûr. Marc dit qu'elle avait mal au ventre, elle avait dégueulé une demi-heure plus tôt, mon père fit une remarque sur les filles et leur bide, Marc rit, un peu gêné, un froncement de sourcils léger. J'aidai ma mère à installer les verres, les bols, tartiner des trucs, Virginie sortit de son sac une grande bouteille de limonade, elle me fit un clin d'œil : « La dernière fois tu n'en as pas voulu mais cette fois tu n'y échapperas pas. » Elle prit un plateau des mains de ma mère, elles marchèrent jusqu'à la terrasse, je m'assis avec eux, pilote automatique, inspirer, expirer, un verre de limonade, deux verres, trois verres. Mon père déboucha une première bouteille de bordeaux, une deuxième et, comme d'habitude, il raconta que j'avais gagné ce vin au relais de chasse après avoir battu ses copains qui tiraient moins bien que moi. Marc voulut que je lui montre mais il faisait trop noir, on renonça. À un moment ce fut l'heure des cafés. Ma mère ouvrit le sucrier, elle dit :

– Ellie est encore là pour longtemps ?

Marc et mon père avaient déserté la table, ils regardaient un match de basket en buvant un whisky que Marc était allé chercher chez lui. Virginie tournait sa cuillère dans sa tasse.

– Non, elle part vendredi.

Elle s'était enveloppée dans un gros gilet de ma mère, elle but une gorgée, regarda ses ongles manucurés, les bagues dorées qui décoraient son index et son majeur. Et puis :

– Je crois qu'elle s'est engueulée avec son copain pendant les vacances, il n'était plus là quand on est rentrés.

– Ils sont ensemble depuis longtemps ? demanda ma mère.

Virginie dodelina de la tête, ses boucles d'oreilles en plastique tintèrent.

– Une grosse année, je dirais.

– Ça leur est déjà arrivé ?

– Une fois je crois. J'ai essayé de parler à Ellie, elle ne desserre pas les dents.

Je retirai le filtre de mon thé, versai un peu de lait dans la tasse, les volutes blanches dans le liquide doré. Je gardai la tête basse.

– Je m'inquiète un peu, continua Virginie. Cosme… C'est un gamin compliqué.

Ma mère souffla sur sa tasse.

– Pourquoi compliqué ?

– Il a été à la rue jeune, on s'est pas mal occupés de lui quand il a rencontré Ellie. Elle ne t'a rien dit, Max, par hasard ?

– Non.

– Vraiment ?

– Oui.

– Tu le dirais, chat ? insista ma mère.

– Je ne suis au courant de rien, je vous jure.

Un silence, juste le bruit des cuillères sur les soucoupes. Virginie sourit, résignée :

– Bon, ce n'est pas grave. J'essaierai de l'appeler demain, je verrai bien.

– J'espère que ça va aller, dit ma mère.

Virginie se frotta les bras pour se réchauffer.

– Oui. Moi aussi.

Dans mon lit, j'écrivis à Cosme : « J'ai vu Virginie ce soir, elle s'inquiète, elle va t'appeler ». Il ouvrit le message, j'attendis sa réponse pendant deux heures, en vain. Son Spotify tournait, je voyais les chansons changer sous son nom dans la colonne de mes abonnements, je fouillai son compte, j'y trouvai un réseau de playlists d'une complexité de collectionneur, une liste de noms, Chris, Margot, Lucas, Cam, Ellie, des dossiers par année, par mois, par semaine parfois. Je cherchai celles que nous avions partagées tous les trois, je trouvai ce morceau, ajouté il y a deux jours : « *Isn't it strange how people can change, from strangers to friends, friends into lovers and strangers again* ». Je l'écoutai en boucle jusqu'au matin, celui d'après, le suivant encore, et jusqu'au vendredi, quand Ellie quitta ses parents, le corps de ferme, le village, et laissa dans ma poitrine un trou que je ne savais pas réparer.

REPRISE

21

J'entrai en terminale comme un oiseau heurte une vitre. Mon père me réveilla à 7 h 10 en allumant la lumière de ma chambre, c'était sa façon de me signaler qu'on était en retard. Je me préparai avec automatisme, pas un mot dans la voiture, « À tout à l'heure » sur le trottoir, il prit à gauche vers le collège, je pris à droite vers la grille du lycée, je rejoignis Gabin et Andréa dans la foule des élèves. Au milieu du terrain de foot, le proviseur annonçait les noms et les profs principaux dans un mégaphone. Gabin me tapa sur l'épaule, me signala un groupe de filles un peu plus loin, elles regardaient Andréa, elles pouffaient, Maëva était avec elles. Le proviseur appela Pierre. Andréa détourna les yeux quand il passa à côté d'elle pour rejoindre sa classe, je fis un pas de côté, un seul, nos épaules se touchèrent. Ensuite, le nom de Gabin, le mien, pas le sien, on dut la laisser seule. À la récré, elle nous raconta que personne n'avait voulu s'asseoir à côté d'elle. Maëva avait dit : « Madame c'est mort, elle sent la mouille », quand la prof avait insisté. Andréa s'attacha les cheveux, bâilla : « La routine, quoi. »

Très vite, partout, le marché des corps se réinstalla. Les filles face aux gars, les gars face aux filles comme en vitrine, tous se jaugeaient, des listes circulaient à la récré, Machine n° 1 en levrette, Machine n° 2 en branlette, Machine n° 3 en facial. Je voulus détester ce spectacle, mon mépris sonna faux. Je croisais le regard d'un mec à la cafèt', j'y reconnaissais le même voile que dans mes yeux, j'avançais sur un devoir de maths en permanence, un rire de meuf déchirait le silence, je frissonnais, j'y entendais les mêmes faussetés que dans le mien, « Tout va bien », criait le rire pour que personne n'écoute, derrière, les sanglots dans le noir, le cœur éteint par la rupture.

– On croit toujours que nos histoires d'amour sont uniques, commenta Antoine le premier week-end où il revint de Paris et où je lui racontai tout, en tailleur sur son lit. Après on comprend que non, mais c'est trop tard.

– Trop tard pour quoi ?

– Pour l'ego.

– Oh. *Deep*.

Il eut un petit rire, me tendit le joint qu'il avait allumé, 2 heures du matin, porte close, fenêtre ouverte. Je tirai une taffe, deux, un silence. Je dis :

– T'as fait comment après Evan ?

– Tu veux vraiment savoir ?
– Oui.
– J'ai fait des maths.
– Mais non.
– Vecteurs, calcul intégral, statistiques.
– Sans déconner.
Antoine haussa les épaules.
– On traverse la plaine du seum comme on peut.
– C'est long ?
– Ça dépend.
– De quoi ?
– De la taille de la plaine.

Fin septembre, David me proposa de venir travailler au club de tir, Florence partait en congé maternité, ils avaient besoin de quelqu'un à mi-temps pour l'accueil. Il fallut négocier avec mes parents, ma mère trouvait ça bien, mon père râla : « Avec les notes que tu te tapes, sérieusement ? » David me défendit : « C'est très calme la semaine, Max pourra travailler ses cours sur ses heures, je l'aiderai s'il le faut. » Mon père céda, je pris le job. C'est là-bas qu'Andréa me trouva.

Je bossais trois jours par semaine. Je chopais le bus du ramassage scolaire après les cours, la playlist de rupture de Cosme dans les oreilles, « Comme des chuchotements glissant le long des rues, encore quelques pas et je ne t'entends plus », « *Can't you see there's more to me than my mistakes ?* », « Toutes ces merveilles avec toi, laissées derrière moi », les chansons me flanquaient la nausée mais j'y revenais dans chaque silence. Trois villages avant le mien, je descendais pour rejoindre le club, je m'asseyais derrière le bureau, bonjour au revoir merci aux archers, le nez dans mon portable, David me foutait la paix. Je tuais le temps en stalkant les réseaux de Cosme, j'envoyais des messages qu'il ouvrait sans y répondre, sans me bloquer, je relus toute ma conversation avec Ellie un après-midi, le premier message : « ça va mieux » « ? », le dernier : « j'arrive dans 5 minutes », celui d'avant : « ce que je vais te faire », et encore avant : « tu verras tout à l'heure ».

– Ça va, tu ne te fais pas trop chier ?

Je levai la tête, Andréa ébouriffait ses cheveux aplatis par le casque du scooter, elle enleva son blouson, le jeta sur une chaise.

– Ça va.

– Tu fais quoi ?

J'éteignis l'écran de mon téléphone.

– Rien. Toi ?

Elle haussa un sourcil.

– Tu ne voulais pas que je t'aide pour un truc en philo ?

– Si.

– T'avais oublié ?

– Non.

– Genre.

– Non, je te jure.

Elle s'appuya sur le plateau haut du bureau, me surplomba, sourit. Une de ses incisives était légèrement fendue.

– Ça va, je te pardonne.

Je regardai ailleurs, timide, c'était la première fois qu'on se retrouvait en tête à tête depuis la fin de l'été. Elle s'assit à côté de moi, tout près, elle lut le texte que j'avais à expliquer, elle dit : « J'aime bien Arendt en vrai », c'était nouveau, ce goût des mots, ça venait de sa prof principale. On travailla deux heures, des pauses pour répondre aux questions des visiteurs, décrocher le téléphone, la regarder faire tourner son stylo entre ses doigts quand elle réfléchissait. Après la dernière question, elle s'étira, son hoodie remonta, je vis son nombril et l'élastique de sa culotte sous son jean, il était bleu foncé, élimé. Elle demanda :

– Est-ce que je pourrais passer chez toi pour emprunter des bouquins à ton frère ?

– Oui.

– Cool.

Elle tritura un trombone, le tordit, retordit, il y eut un blanc, le relief de sa langue sous sa joue quand elle chercha quelque chose à dire.

– Tu finis dans longtemps ?

– Dans une heure.

– Tu rentres comment ?

– Je prends le bus.

– Tu veux que je te ramène ?

Mon portable vibra, une notification, nouvelle publication : Cosme. Je le rangeai dans ma poche.

Ma mère fumait dans son rocking-chair quand on arriva, elle écrasa son mégot, s'épousseta les mains, j'expliquai pour les livres, elle dit : « Ne traînez pas, on va passer à table. » Andréa était polie, souriante, elle louvoya entre mes parents, l'impatience de ma mère, la sécheresse de mon père, il avait à peine levé le nez de son paquet de copies. Dans la chambre d'Antoine, elle s'exclama, sciée : « Oh wow, il a vraiment lu tout ça ton frère ? » Elle caressa les dos des livres, pencha la tête, une mèche couleur miel glissa de derrière son oreille, légère, lisse, pas comme Cosme, mon cou brûla, mon cœur tapa. Elle choisit trois romans dans l'urgence, pressée par ma mère au rez-de-chaussée : « Max, à table ! » On descendit l'escalier, l'excitation dans mes os, Andréa salua mes parents : « Au revoir, pardon pour le dérangement. » Je la raccompagnai jusqu'au portail, une bruine froide scintillait sous l'éclairage de rue. Elle dit :

– Merci pour les livres.

– T'inquiète.

Un demi-sourire, une virgule mutine au fond de ses yeux clairs, le même moment, la même tension que chez Dylan, dans le jardin. Elle me fixa, joueuse, elle y pensait, elle aussi, c'était sûr. Je m'humectai les lèvres, elle entrouvrit la bouche, ma mère appela : « Max, ça suffit maintenant, on t'attend ! » Andréa ricana :

– Ouh là. Bon. Je te laisse.

Je baissai la tête, me grattai le front, rire bête, gêné. Elle enfila son casque.

– On se voit demain ?

– Oui.

Je mangeai en silence, débarrassai, muscles contractés, corps tendu, mon père zappait, un match de foot, un autre, un documentaire sur le citron qui me fit saliver. Je me lavai les dents en pensant à l'élastique bleu, la nuque d'Ellie, l'élastique bleu, je me couchai, éteignis la lumière, l'élastique bleu, la bouche de Cosme, non, l'élastique bleu, l'élastique bleu, un gémissement, je rabattis la couette sur moi, la main dans le pyjama, l'élastique bleu, le miel de ses cheveux, ses mains larges, son incisive fendue, l'élastique bleu, les doigts d'Ellie, les reins de Cosme, non, s'il vous plaît, l'élastique bleu, les racines douces, la voix grave, le sel, le fer, pas ça, s'il vous plaît, laissez-moi, l'élastique, la courbe de ses épaules quand elle s'étire, les bruits des articulations qui craquent, la grimace d'aise qui passe sur son visage à ce moment, Andréa, Ellie, Andréa, Cosme, Ellie, Cosme, Ellie, Cosme, Ellie, Ellie, Ellie. L'excitation tomba. Je me recroquevillai dans mon lit, sexe éteint, le désir dans une impasse, je serrai contre moi le châle que je gardais sous mon oreiller, les mailles continuaient de sauter, le trou s'agrandissait. Je pris mon portable, ouvrit la notification que j'avais laissée en attente, une avenue parisienne noircie par la nuit, la détresse de Cosme, la bande-son de la vidéo : « *Je rêvais d'avenir radieux vu qu'on pensait finir à deux* ». Je m'endormis en colère, simplement et brutalement en colère.

22

Le premier dimanche de chasse des vacances de la Toussaint vira à la catastrophe. J'avançais dans la plaine, je laissai passer deux faisans, trois lièvres, je refusai de tirer. Stéphane fit un commentaire, j'ouvris mon fusil pour vider les cartouches, je jetai l'arme à terre, rebroussai chemin vers les voitures en criant : « Je ne veux plus de ça dans ma vie putain c'est de la merde c'est de la merde en barre ! » Mon père gueula, sa voix se perdit dans le vent avec les aboiements des chiens.

– C'est la fille Dessailly qui vient parfois à la maison avec toi ? me demanda-t-il en quittant le relais.

– Oui. Andréa.

J'étais sur la banquette arrière, je grattais la tête de Léon, les odeurs des gibiers frais dans le coffre le faisaient baver. Mon père dit :

– Je ne veux plus la voir.

– Pourquoi ?

– Parce que c'est une traînée.

C'était injuste. C'était pour se venger.

Andréa finit les trois romans qu'elle avait empruntés à Antoine, elle me les rendit à la cantine à la rentrée et demanda si elle pouvait passer en emprunter d'autres le soir. Je dis non, mon père sera là, il ne veut plus que tu viennes, c'est un enfoiré. Elle fronça les sourcils, mâcha ses carottes râpées en soutenant le regard des deux gars de la table d'en face, ils mimaient une fellation sur une cuillère à café, ils geignaient : « Hum Pierre, oh Pierre », tout le monde savait qu'il la harcelait de messages d'insultes et de cul. On quitta le self en silence, je suivis Gabin au troisième étage pour les cours, elle se dirigea vers le gymnase pour le club escalade. En rentrant chez moi le soir, je pris toutes les étagères de la bibliothèque d'Antoine en photos pour lui envoyer.

Lesquels tu veux ? Je te les apporte demain

Elle mit du temps à répondre, demanda deux titres, *La Chatte* et *La Main gauche de la nuit*. Elle écrivit :

Tu quittes à quelle heure l'aprem ?

14 h mais je vais au taf

Tu peux esquiver ?

Je finis à 13 h moi

Je t'attends et on va chez moi ?

En moi, quelque chose vibra, un remous à la surface d'une mare.

Dans la voiture le lendemain, je dis à mon père : « On a un exposé à faire avec Gabin, on va rester au CDI, Catherine nous ramènera, j'ai prévenu David que je ne pouvais pas venir. » Andréa sourit quand je passai la grille à 14 h 05, j'enfourchai le scooter, je m'accrochai au siège, elle dit : « Tu peux te tenir à ma taille si tu préfères. » Sa maison était petite, une longère couleur brique, des dépendances branlantes, un carré d'herbe devant, une allée de dalles jusqu'à la porte. Dans le salon, son père triait des papiers, une chaussure à gauche, une claquette à droite, cheville gonflée. Il proposa du jus, des gâteaux, Andréa dit : « Non, on va dans ma chambre », le père sourit : « Oui, d'accord, bon après-midi. » On monta un escalier raide, marches étroites, poussiéreuses, la pièce était au fond du grenier, une surface immense mais nue, un lit, des livres par terre, un canapé défoncé face à une télé, un chauffage d'appoint. Andréa posa son sac, retira son manteau, ses baskets. Elle me serra contre elle, mes bras restèrent mous. Je dis :« J'ai besoin de temps. »

Elle desserra les bras, je soufflai : « Non », elle se rapprocha : « Je suis là, je ne bouge pas, je ne suis pas pressée. » J'étais inerte mais j'espérais qu'elle ne me lâche jamais.

Je commençai à l'appeler André par hasard, une faute de frappe dans la conversation qu'on partageait avec elle, Gabin et Antoine à propos d'un projet de réveillon de l'an à Paris. Gabin disait qu'il voulait aller à la tour Eiffel,

Antoine soutenait que c'était un plan merdique, l'idée de croiser Ellie, Cosme, Chris, Cam, Vadim, John, MJ, Aude m'empêchait de dormir. Je demandai :

Toi tu dis quoi André ?

Andréa*

Elle écrivit en DM :

J'aime bien André

Le surnom devint une habitude privée, il ponctua nos soirées au club de tir à faire des fiches et à s'effleurer les mains pour s'échanger un stylo, un stabilo, des feuilles, il remplaça son prénom dans mes applis de messagerie. On s'écrivait tous les jours, on regardait des téléréalités grotesques en replay :

j'en suis à 17 minutes 20

ok j'arrive

Mais c'est quoi ce date de merde t'es ouf gros

La meuf a froid

Elle a les cheveux dans la gueule la pauvre

Mais what

Omg André qu'est-ce qu'il fait ???

Je crois il va l'emmener au kite surf

Je hurle

Gnagnagna il voit que j'ai peur il me protège

Il te protège de quoi cousine

T'es pas dans un pays en guerre ça va aller

Au pire du pire tu bois la tasse

Mais naaaaan

Attends c'est quoi cette robe
Andrééé
Comment tu veux qu'elle s'assoie elle peut pas respirer
Ok donc lui il mange mais elle non
mdr ils lui ont pris son assiette
la pauvre
date de rêve mais arrête
tu mens
C'est quoi ton date de rêve ?
Bah c'est pas ça
Pas de yacht pitié
J'ai le mal de mer déjà
Toi c'est quoi ?
Chais pas
Cherche
Tu me diras

La semaine du bac blanc, Gabin quitta la philo vite et rentra chez lui sans nous attendre. Andréa et moi crevions la dalle après les quatre heures d'épreuve, le cuistot du grec nous dit de nous asseoir, il nous appellerait quand nos commandes seraient prêtes. Andréa s'avachit sur une chaise, sortit son téléphone, les crevasses et les ampoules de l'escalade sur ses doigts. Je regardais la télé au fond de la salle, le menton dans le châle d'Ellie, il me restait des fiches d'histoire à faire, je voulais dormir. Le chef poussa un plateau avec un Coca sur le comptoir, fit tinter une clochette, je dis : « André, ton kebab », le ton las, fatigué, je me frottai les yeux. Andréa récupéra son plateau, elle ramena le mien en même temps, je me redressai pour croquer dans le sandwich, et je vis, à ce moment, le tremblement de ses mains, le rouge à ses oreilles, il glissait dans son cou en filets, un entrelacs de vaisseaux qui se mêlait à ses cheveux. Elle se pencha, la courbe de ses seins disparut sous son pull.

– Redis ça, murmura-t-elle, les yeux levés vers moi, son genou toucha le mien sous la table.

– Quoi ? prétextai-je, parce que j'avais peur, parce que ça m'excitait.

– Comment tu veux que je m'appelle ?

J'accrochai ma jambe à la sienne, elle soupira, mit une main devant sa bouche, elle ferma les yeux quand je répétai le nom.

On mangea vite, on quitta le restau en se bousculant, j'étais d'accord pour aller réviser chez elle, je n'avais rien dit à mes parents mais tant pis, je trouverais une excuse, je m'en foutais. Pierre nous chopa au pied du scooter dans la cour du lycée.

– Qu'est-ce que vous croyez être en train de faire ?

Un coup me souffla, des sifflets derrière nous, Pierre m'attrapa par le col de mon pull, Andréa lâcha son sac et ferma ses deux mains sur son bras pour me défendre, les yeux écarquillés par la rage. Il la poussa, elle tapa le scooter, la bécane bascula avec elle. Sur le trottoir d'en face, des grappes de lycéens, des applaudissements épars, une voix de fille : « Putain mais arrêtez ! » Andréa saignait du nez, le contenu de son sac était éparpillé au sol, Pierre ramassa le livre d'Antoine : « C'est quoi ça, *La Chatte*, c'est un truc de gouine ? » Il se pencha, mit sa main sous son menton pour qu'elle lève la tête, il serra, Andréa se débattit, cogna, elle dit : « Je vais te crever tocard petite bite fils de chien. » Pierre colla son front au sien : « J'ai baisé une grosse gouinasse en fait c'est ça ? » Son poing se ferma, je fondis sur lui, ça le surprit, on s'effondra sur le goudron, je sentis son genou dans mes côtes, ses phalanges sur ma mâchoire, quelque chose de dur sous ma main. Autour, des cris, du mouvement, du flou, mon épaule craqua, mon nez, je pensai au gibier mort dans le coffre de mon père, toute la haine que ce mec m'inspirait depuis juillet sortait, suintait, je l'aurais déchiqueté si deux pions n'étaient pas intervenus. On atterrit tous les trois dans le bureau de la CPE, du sang sur les tempes et les doigts, des kleenex collés aux narines, il fallut recoudre l'arcade de Pierre, mon père passa le trajet retour à m'engueuler : « Tout ça à cause de cette gonzesse en plus. Tu peux toujours te brosser pour aller faire la fête à Paris. » Il m'envoya dans ma chambre sans manger comme si j'avais dix ans, je me couchai la faim au ventre sans réviser l'histoire.

Dans la nuit, Andréa m'appela. Je mis mes écouteurs, décrochai, le son était brouillé, souffle court, haché. Elle dit :

– Comment tu veux m'appeler ?

Un bruit de tissu qu'on froisse, un son aigu, étouffé, des bruissements mouillés. Je dis :

– André.

Andréa gémit, les bruissements s'intensifièrent. Je répétai :

– André.

Sous le goût du sel et du fer, enfin, le souvenir des agrumes.

23

Que Pierre m'ait pété le nez fit frémir ma mère. Tout l'après-midi, elle répéta : « Ces gars-là, il ne faut pas les chercher, Max, surtout pas », même quand elle dut m'emmener aux urgences trois jours plus tard parce que je ne respirais plus et qu'un interne sortit des caillots de sang gros comme des graviers de mes sinus : « Ne surtout pas les chercher. » On attendit longtemps pour les résultats de la radio, elle se gratta le bras jusqu'à s'écorcher, ses mains tremblèrent sur le volant en rentrant de l'hôpital, elle renifla, s'essuya les yeux rapidement. Je gardai la tête tournée vers la vitre, les éoliennes imperturbables dans le bleu de la nuit, les bâches noires tendues sur les champs pour les protéger du gel.

– Tu fais chier, dit Antoine quand il rentra pour les vacances. Tu m'as fait peur.

Il m'attrapa le menton, les doigts chauffés par les gants, les cheveux électrifiés par le bonnet : « Fais voir. » J'avais pu retirer mon pansement mais les hématomes qui s'étalaient sous mes yeux étaient encore bien colorés. Il dit :

– Quel bâtard, ce gars.

Puis :

– À cause de ça, on va se taper le réveillon de l'angoisse.

Noël arriva sans joie ni éclat. Ma mère m'envoya chercher sa commande de pains surprises à La Boîte à Gâteaux, je vis Virginie sortir de la boutique, fis demi-tour, elle m'arrêta :

– Comment ça va Max, ça fait longtemps !

Je souris, politesses, mains moites. Elle dit :

– On a retrouvé Cosme, au fait. Tout va bien.

– Ah oui ?

– Oui, Ellie et lui nous rejoignent en Croatie pour les fêtes.

Elle me fit un clin d'œil, ses bracelets en plastique cognèrent quand elle me salua. Je souris encore, inspirer, expirer. J'eus chaud sous le châle. Je le retirai.

On réveillonna avec nos grands-parents le 24, on dit merci pour les chèques, mamie s'inquiéta : « Antoine tu as maigri, tu ne manges pas à Paris regarde-moi ça, tu ressembles à un squelette. » Le reste de la famille arriva le 25, ma tante, mes cousins, Agathe avec son mec ingénieur blablabla. Elle caressa son ventre pendant tout le repas, elle rougit quand ma mère s'exclama : « Mais dis donc, t'aurais pas un truc à nous annoncer toi ?! » Elle rit, fit teinter sa flûte vide avec le manche de la cuillère à café du service du mariage de mes parents, les adultes applaudirent avec des « Ah ! » « Oh là là, ça passe vite, ça pousse ces gosses, tu vas être grand-mère Vanessa, tu te rends compte ? » Ma mère posa le dessert sur la table, le mari de ma tante : « Eh bé, c'est pas une bûche de pédé ça, Sandrine ! » La tablée rit. Je mâchai ma tranche de gâteau en fixant les bulles d'eau gazeuse dans mon verre, la crème au beurre comme du plâtre, la génoise humide. Antoine quitta la pièce.

Andréa descendit à Toulouse dans la famille de sa mère jusqu'à la rentrée. Le temps sans elle s'étira, je ne l'avais pas revue depuis la baston avec Pierre. Je pris le bus pour me rendre au club de tir, le froid, le verglas, la lumière rose de l'hiver sur les champs plats. Je lui écrivis :

Envoie-moi un vocal j'ai envie d'entendre ta voix

J'en reçus cinq d'affilée, des conneries :

« Ceci est ma voix, lalalala »

« Moi aussi je veux t'entendre »

« Donc là on va voir une pote de ma mère que je déteste sa maison pue le chat c'est horrible »

« En fait figure-toi que le chat est crevé du coup maintenant ça sent le chat pourri »

« Viens me chercher Max s'il te plaît je suis en PLS »

Elle parlait vite, fort, trop près du micro, les sons du souffle, les cliquetis discrets de sa salive. Je dis :

« Tu fais des bruits de bouche »

« C'est mignon »

Elle répondit :

« Toi tu soupires »

Le soir, je dis :

« Tu me manques »

Elle répondit, voix basse, tiède :

« Toi aussi »

Elle écrivit :

Tu veux m'entendre ?

Je me tournai dans mon lit, le matelas grinça, la bosse d'un ressort sous ma cuisse. Je tapai :

Oui

J'attendis sous la chaleur lourde de ma couette, je fixai les lignes de lumière au plafond, le calme, un chien aboya. La led de mon téléphone clignota, un audio de huit minutes. Je repoussai ma couette et retirai mon bas de pyjama pour enregistrer le mien.

Le 31 décembre, mon père me fit la leçon sur la route du relais de chasse où on allait passer le réveillon : « J'ai croisé ton prof principal cette semaine à la réunion de rentrée, visiblement ton bac blanc n'est pas brillant et ton dossier Parcoursup non plus, je ne sais pas ce que tu vas faire de ta vie mais c'est mal parti. »

– Tu l'emmerdes, me glissa Antoine quand on entra dans la salle des fêtes.

Les tireuses à bière, les bouteilles de rouge et de mousseux alignées sur les tables, les murs lavande donnaient à tout le monde un air malade. Gabin s'était chauffé, il avait mis un costume, on fit un selfie pour Andréa, on se trouva des places pas loin de Catherine pour éviter la table des ados, Pierre y était. Après, le chevreuil, la sauce chasseur, les pommes dauphine, les coupes colonels, le vin, la clairette, le champagne, la musique à fond, les lumières éteintes, les spots rouges et verts, minuit, les concerts de bises, « Bonne année, la santé », et puis finalement : « Terres brûlées au vent des landes de pierre. » Un cercle d'adultes bourrés se forma, accrochés aux épaules les uns des autres, à tendre une jambe, puis l'autre, plus vite, encore, « Et de quoi boire trois jours et deux nuits ». J'écrivis à Cosme :

Bonne année. J'espère que vous allez bien.

Gabin craqua à 2 heures du matin :

– Je me tire. Tu veux que je vous ramène, toi et Antoine ?

On l'attendit dehors pendant qu'il récupérait les clés de la voiture de son père, Antoine rentra les épaules, enfonça les mains dans ses poches, dans la salle on beuglait : « Et tu tapes tapes tapes, c'est ta façon d'aimer ».

– Oh non merde, dit-il soudain.

Son regard portait à gauche, un groupe de gars revenait du parking, pieds traînants, rires gras. Pierre me vit, s'arrêta, un flash de Poliakov à la main. Les rires de ses cousins moururent. Il fit un pas vers moi, je reculai. Je m'en voulus.

– Tu crois que tu la baises mieux que moi, Andréa ?

Bouche pâteuse, voix enrouée, fébrile, il était déchiré. Je reculai à nouveau, dans la lumière, à découvert, devant moi la meute. Un cousin essaya de le tirer par le bras : « Viens gros, on s'en bat les couilles allez. » Pierre se défendit, trébucha, cracha :

– Moi je l'ai bien baisée.

Il avança encore, le regard mauvais, les phalanges écorchées par les coups qu'il m'avait déjà donnés. Il répéta :

– Je l'ai bien bien baisée.

Puis :

– Toi aussi, je peux te baiser.

Un dernier pas.

– Tu veux ?

Le sang battait dans mon nez, je voyais le flash dans sa main, je savais ce qu'il pouvait choisir d'en faire. Il disait « je l'ai baisée » et pas « on a baisé », le même ton que Stéphane quand il montrait ses trophées de chasse : « Cette femelle, je l'ai tuée avec mon premier chien il y a trente-cinq ans. » Je serrai mon portable dans ma poche, ne pas lui laisser l'occasion de le prendre, trouver les messages, les vocaux, voir que j'appelais Andréa André. La porte s'ouvrit, la silhouette de Gabin. « Qu'est-ce que… », il me dépassa, immense, massif : « Ah putain Pierre tu nous emmerdes maintenant casse-toi dégage putain c'est pas possible pauvre merde de mes deux là tu te tires d'accord nique ta vie mange tes morts. » Pierre recula, malingre, faible, il tomba à la renverse quand Gabin le poussa.

Antoine m'attrapa par l'épaule, on courut vers le parking. Dans ma gorge, la nausée de la peur, l'inconfort du miroir.

Je pris mon vélo le lendemain et pédalai jusqu'au hameau d'à côté, mes pneus étaient mous, j'avais oublié mes gants, doigts bleuis sur le guidon. Pierre habitait une baraque en chantier depuis quinze ans, terre retournée devant la porte, des flaques d'eau, des traces de pas sur la dalle en béton de la terrasse. Son père m'ouvrit en peignoir, une odeur de tabac gris. « Pierre ! » beugla-t-il au bas de l'escalier, une voix fatiguée : « Quoi ? », le père : « Descends. »

– Qu'est-ce que tu fous là ?

– C'est quoi ton délire avec Andréa ?

Pierre mit la capuche de son sweat, il ricana, teigneux, triste :

– Ça ne t'a pas suffi que je te ravale la tronche ?

– Je ne viens pas parler de moi, je viens parler de toi. C'est quoi ton délire ?

Les toits des maisons voisines se découpaient dans le carré froid du ciel, la rue déserte, j'étais calme, tête vide, jambes ancrées, comme avant de lâcher la corde de l'arc. Pierre shoota dans un ballon dégonflé, recula. Ses mains tremblèrent, il les enfouit dans ses poches.

– Mon délire, c'est qu'elle m'a jeté comme une merde.

– Et alors ?

– Alors c'est abusé.

Il tourna la tête pour me regarder, le visage blanchi par la gueule de bois, pommettes hautes, yeux noisette, doux. Andréa avait raison, il avait l'air gentil mais c'était un masque. Je dis :

– Lâche l'affaire.

– Je n'y arrive pas.

– Bah démerde-toi.

– Je l'aime.

Je ris, un son méchant. Pierre rentra la tête, le masque craquela, les yeux se fendirent, une veine se contracta au milieu de son front, la même que les copains de mon père quand ils comprenaient qu'ils allaient perdre contre moi à la carabine.

– Tu te fous de ma gueule ? gronda-t-il.

– Mais arrête, sans déconner.

– Quoi, arrête ?

– Ce n'est pas de l'amour ça. C'est de l'orgueil.

Pierre tiqua, serra les poings. Je redressai mon vélo, mes jambes étaient dures, prêtes à courir s'il ripostait. Il dit :

– Elle continue de m'écrire, tu sais.

Sur ses lèvres, un rictus de prédateur, fier, mesquin. J'enfourchai mon vélo, inspire, expire, reste calme, ne te laisse pas faucher par ces plombs-là.

– Quel rapport ?

– Tu ne me crois pas ? Je te montre si tu veux.

– Je m'en fous, Pierre. Ça ne me regarde pas. C'est à toi que je parle.

– T'es comme elle en fait.

Je fis demi-tour.

– Non, j'étais comme toi.

Le pied sur la pédale.

– Passe à autre chose.

J'appuyai fort, en danseuse, le ballon dégonflé heurta mon porte-bagages et s'écrasa sur la route, bruit mou, cartouche vide. Je cessai d'écrire à Cosme le soir même et rangeai le châle dans mon armoire.

24

Les résultats du bac blanc tombèrent, moins catastrophiques que prévu, pas de grosse gamelle mais pas d'étincelles, à part en anglais, 19. Ma paie arriva en même temps, j'achetai une boîte de capotes à la pharmacie à côté du lycée et deux allers-retours pour Paris un week-end, je me fichais d'y croiser qui que ce soit. J'écrivis à Andréa :

Je t'emmène en date de rêve

Elle répondit :

Y aura pas de yacht j'espère

On prit le train un vendredi après les cours, ma mère attendit avec nous sur le quai de la gare, deux voies, une bande d'ados tassés sur un banc, « Tu m'appelles quand vous arrivez chez Antoine. » Elle nous fit signe quand le train démarra, Andréa me prit la main dès qu'elle eut disparu.

Par la fenêtre, des congères salies, des bosquets d'arbres dégarnis, de la buée sur la vitre. On changea à Longueau, on attendit dans le hall vitré, Andréa étendit les jambes et ouvrit le roman de SF qu'elle avait piqué à Antoine. Après quarante minutes, le train pour Paris arriva, blindé, sièges rouges, on dut rester debout. Je collai mon dos au ventre d'Andréa, mes omoplates à sa poitrine, sa peau sentait la mandarine, le soleil d'hiver. J'écoutais de la musique, « *I wanna talk tonight until the morning light* ». Je voulais lui faire une playlist.

Antoine nous attendait gare du Nord, la foule dense, rapide, le vacarme des moteurs des locomotives et des annonces, on s'engouffra dans le métro, odeurs de pisse, de chaud. On but des bières trop chères à Belleville, on mangea des raviolis, on reprit le métro, moins de monde, des couples, des SDF qui remontaient les wagons. Aux abords de Bastille, Antoine se leva, me donna ses clefs, son adresse, son code :

– Je descends là, je dors chez une pote.

– Tu ne restes pas avec nous ?

Il rit.

– Pour quoi faire ?

Le métro ralentit, la lumière s'éteignit, revint, le quai était noir de monde. Les portes s'ouvrirent dans un soupir.

– Tu m'appelles demain quand vous voulez qu'on se rejoigne.

Il descendit, je le perdis de vue.

L'avenue était silencieuse, mal éclairée, on tourna à l'angle d'une rue, une autre, « Non attends, c'est par là je crois. » Andréa marchait devant moi, pantalon droit, blouson court, les cheveux attachés n'importe comment.

– C'est là.

Je tapai le code, première porte à gauche, l'appartement était une boîte, la salle de bains et la cuisine dans la même pièce, un canapé-lit qui prenait toute la place, un bureau encombré, des livres partout, des barreaux à la fenêtre. Andréa retira sa veste, la posa sur la chaise du bureau. On eut l'air con, un peu, les corps chargés de tout ce qu'on avait déjà entendu de l'autre et maintenant sidérés d'être ensemble, débarrassés de tout ce qui pouvait peser, empêcher. Je mis ma main sur mon cou, massai, un geste de protection qui me surprit, je la voulais tellement mais je tremblais, je ne savais pas quoi dire. Elle s'assit sur le bord du lit, tendit la main :

– Viens.

La première fois ne fut pas incroyable. On s'y prit mal, sa douceur, sa patience me gênèrent, j'attendais qu'elle déborde, qu'elle fasse ce qu'Ellie et Cosme avaient fait, guider, formuler, ordonner, attends, plus fort, arrête, ralentis, là, comme ça, sa mère oui, comme ça. À la place, elle posait des questions auxquelles je ne savais pas répondre, je disais oui à tout, tout le temps, j'obéissais plus que je ne consentais.

– Ça va ? demanda-t-elle après.

– Oui.

On avait allumé la petite lampe de chevet, lumière jaune, basse, au-dessus de nous une mosaïque de cartes postales, de photos, de pages de livres découpées. Andréa était nichée sous la couette, les cheveux dans les yeux, l'ongle de son pouce sous sa lèvre. Elle eut les larmes aux yeux, elle murmura :

– Tu ne veux pas me dire ?

– Te dire quoi ?

– Ce que tu veux faire.

Je me tournai sur le dos, un bras sur les yeux, j'avais le ventre lourd, un poids sur les côtes, la gorge fermée.

– C'est juste que je ne sais pas comment.

– Pourquoi ?

– Je ne sais pas. C'est comme ça.

Elle toucha mon biceps, longea le dessin des muscles de mon bras, descendis vers mon aisselle, un peu poisseuse, embrassa un grain de beauté que j'avais sur le flanc gauche, une petite cicatrice sur ma taille, elle remonta, sa bouche, ses dents sur mon téton droit, elle suça, aspira. Je mis mes mains sur sa nuque, voix nouée :

– Pardon.

Elle posa la tête sur mon ventre, caressa du pouce le sillon de poils bruns sous mon nombril, une tache de naissance sur ma hanche, un vaisseau éclaté, rouge et violet, elle pressa la chair, ferma les yeux.

– Ce n'est pas que tu ne sais pas dire. C'est que tu as peur.

Puis :

– Moi aussi, il y a des choses dont j'ai peur.

Sa bouche sur ma peau.

– De Pierre, j'ai peur.

Sa langue.

– Mais de toi non.

Elle leva les yeux vers moi.

– De toi, j'ai très envie.

Je déglutis, cœur tapant, muscles tendus. Elle s'endormit, je restai là, à ruminer, la peur, le désir, le silence, maintenir sa garde et se défendre, en joue, toujours. Au plafond, des pas, quelqu'un toussa, de l'eau dans un conduit quand on tira la chasse, ça fit des remous dans le siphon de l'évier. Andréa respirait profondément, l'odeur piquante de son corps sali par la transpiration et la ville, sa peau gorgée de sucre, elle était plus tannée, plus sèche que celle d'Ellie. Je caressai sa tête, son épaule, elle soupira, resserra son étreinte, le cercle de ses bras autour de moi, qu'y avait-il à craindre de ça ? Ma peur glissa, doucement, mes doigts accrochèrent les mèches souples, Andréa se frotta le nez, une grimace passa sur son visage, elle ânonna quelque chose, hein quoi, je déposai les armes, je dis : « D'accord. » Elle bougea : « Quoi ? », je répétai :

« D'accord », elle se redressa, je murmurai : « Je vais te dire », ses cheveux coulèrent sur ses épaules, son visage, dans son dos, « Oui ? », « Oui », cette fois le ton était le bon. Je l'embrassai, les lèvres, le bout, à peine un son, puis la bouche, je me pressai contre elle, elle effleura mon sexe, je pris sa main, son index sur ma langue, son majeur : « Je te montre. » Elle inspira, ça résonna, gronda dans tout mon corps, elle poussa la couette, les jambes emmêlées dedans, elle me regarda, de bas en haut, de haut en bas, mon cœur cogna, ses pupilles étrécies, fendues par l'envie, je me sentis grandir, grossir dans l'écrin de ses yeux, je ne savais pas qu'un regard pouvait être si bon. Je pressai sa nuque, les doigts ouverts, je guidai sa main pour qu'elle trace une ligne depuis mon cou brûlant, les contours d'un corps dont j'avais l'impression, soudain, d'explorer les vrais reliefs, le sillon de mon ventre, la courbe de mes fesses, la main sur le pubis, les poils. J'écartai les jambes, juste un peu, pour me caler, je restai immobile, j'hésitai. Andréa gémit, les joues rosies, les lèvres gonflées de ce qu'on allait faire, de ce qu'elle allait voir, il y avait du mauve dans le bleu de ses yeux, les tempes luisantes, des mèches humides, brunies en travers du front, je dis : « Tu es si belle, André. Si belle. » Elle sourit : « C'est toi Max, c'est toi qui me fais ça. » Je voulus sourire à mon tour, j'émis un son si clair, j'eus l'impression qu'il déchirait tout. Ma main commença à bouger avec la sienne, mes yeux dans les siens, les doigts agiles, sûrs, je tendis la nuque pour l'embrasser, elle vibra, je chuchotai : « Je veux que tu me parles », « Oui », « Dis-moi… », un gémissement, une oraison, « Quoi ? », « Dis-moi que tu veux m'entendre », « Je veux t'entendre », un éclat de voix, « Encore », « Je veux t'entendre », un autre, plus grave, profond, « Dis-moi que tu veux me toucher », « Je veux te toucher », « Mordre ma bouche », « Mordre ta bouche », « Ma langue », « Ta langue », je pressai les paupières, l'embrassai, collai mon front au sien, mon visage se contracta, « Dis-moi que tu veux ta bouche », « Je veux ma bouche », « Là », « Là », « Où il y a ma main », « Où il y a ta main », « Tu veux me lécher », « Je veux te lécher », « Me sucer », « Te sucer », « André », « Je suis là », elle caressa ma joue, ma main pressa sa nuque, « Comment ? », « Doucement », « Et puis ? », « Profondément », « André », « Max », « Je veux tes doigts », « Là ? », « Oui », « Comme ça ? », « Deux », « Comme ça ? », « André », « Je suis là », les joues rougies et le souffle ample, des goulées d'air pour avaler la nuit, « Ta langue », « Ma langue », « Et ta voix », « Ma voix », « Je t'aime », « Je t'aime », « Je veux que tu gémisses », « Je gémirai », « Je veux que tu me respires », « Je te respirerai », « Je veux… », je glapis, « Là, putain, là, là, oui », j'étouffai un premier cri en me mordant la bouche, les secousses comme la panique, « André », « Je t'aime Max », « André », « Oui », « Encore », « Oui », « Continue », « Oui », « André », « Max », j'avais ralenti, fermé les yeux, sa main sur la mienne, elle suivait mon rythme, « Attends », « J'attends », « Je t'aime tellement », « Moi aussi », elle embrassa mes paupières, je les rouvris, ce que je vis dans ses yeux, « André », « Oui », « Je veux entrer en toi », elle hoqueta, se mordit la bouche, elle hocha la tête, « Oui, oui », sa main toujours, « André », « Oui », la rondeur de son genou sur ma cuisse quand elle plia la jambe, mes dents sur son oreille quand je la pénétrai, « Je t'aime », « Je t'aime », ses ongles dans mon dos, j'avais chaud, si chaud, les sons de son corps, « André », « Max », « Dis-moi que tu me veux », « Je te veux », les hanches qui roulent, ses cheveux dans ma bouche, « Tu veux quoi ? », « Tout », « André », « Je suis là », « Dis-moi que tu veux me prendre », « Je veux te prendre », « Me tenir », « Te tenir », « Tes doigts », « Mes doigts », « Le bruit de ta peau », « Le bruit de ma peau », « André », « Oui », « André », « Tout va bien », « André », « Je te tiens », « Oui », « Lâche », « Oui », « Lâche tout », la jouissance me saisit, « Prends », me plia, « Putain », ma nuque se renversa, les épaules, le cou, les joues cramoisies, le cri sortit entier, brutal et me laissa vide, une masse hagarde et bafouillante, « Ah… Ah… J… », « C'est tout », le cœur à mille à l'heure, du noir dans les yeux, « C'est fini », le front collé à ses clavicules, des bouts de peau flous, des éclats roses, « Je… Je… Je… », « Tout va bien », elle me serrait si fort, elle murmurait mon nom, elle disait : « Je suis là. Je te tiens. Je t'aime, bordel, je t'aime. »

Quand je rentrai de la boulangerie le matin, elle était assise dans le lit, dos au mur, les genoux pliés, elle mordait les peaux de l'ongle de son majeur, je me souvins de Cosme, à La Rafale : « Arrête de te mordre les doigts comme ça, ça me rend fou », je compris ce qu'il voulait dire. Andréa leva les yeux de son livre, sourit, le bout du nez brillant, retroussé :

– Il lit des trucs de cul, ton frère.

Je posai les croissants.

– Mais non ?

– Je te jure.

– T'as trouvé ça où ?

– Bah là.

Elle pointa une étagère de livres à côté du lit, tourna une page.

– C'est beau, en vrai.

– C'est pas genre Sandy est punie par son plombier ?

– Pas du tout. C'est comme un poème.

J'enlevai mon manteau, mes chaussures, je m'assis à côté d'elle.

– Il y a cette phrase : « Ta nuque a un goût de fumée. »

Elle enfouit sa bouche dans mon cou, lécha. Dans ma poitrine, le trou finit de se refermer.

– Ça va ? demanda-t-elle en se redressant.

– Oui.

Elle sourit, toucha ma joue, ma bouche.

– Il est quelle heure ?

– Midi, par là.

– Il faut qu'on appelle Antoine.

Je me levai, elle s'étira, ferma son livre.

– Après je te dirai.

– Quoi ?

– Ce que je veux faire.

25

On ne vit pas grand-chose de Paris cette fois-là. Antoine resta chez sa pote Marie : « T'inquiète, j'ai un taf de malade, je vous laisse, changez les draps. » Andréa me dit je veux que tu. M'enserres. Me tordes. Me berces. Elle geignit, elle demanda mes doigts, ma langue, mon sexe, partout. Je les mis, partout. On se prit jusqu'à n'être plus qu'une cadence, régulière, synchrone, lente ou rapide, le rythme des caresses, des aspirations, le rythme des mots aussi, les scansions, les interruptions, les phonèmes, les rimes, les images impossibles, tu as le goût du pétrole, de l'essence, du feu, ton ventre est un âtre où danser, André, Max, André, Max. Elle dit, après : « Tu vois, on fait de la poésie. »

Le dimanche, on se perdit dans le métro pour rejoindre Antoine, on se trompa d'arrêt, on arpenta des boulevards interminables et blindés en se tenant la main, se séparant, se reprenant la main. Andréa passait son bras autour de mes épaules, elle serrait presque mon cou, elle m'écrasait contre elle, elle me lâchait, marchait devant, derrière, je la rattrapais, sa taille sous son pull, je m'accrochais aux passants de son jean. On mangea des œufs, des tomates sans goût, du pain. On se balada dans un parc avec un belvédère, l'horizon ouvert dans le brouillard, les tours d'immeuble, les toits d'ardoise. Andréa entra dans toutes les librairies ouvertes qu'on croisait. Antoine lui montra des trucs, ça c'est super, ça c'est bof, ça je n'en sais rien franchement c'était hyper bizarre. Elle choisit, un livre, deux livres, elle les reposa, elle dit à mon frère : « Fais-moi découvrir un truc vraiment, vraiment spécial. » À bien des égards, ce qui viendrait pour elle se décida là, entre moi et les étagères désordonnées de cette librairie où elle acheta ce roman qui lui sembla si spécial, et qu'elle lut et relut, mille fois peut-être, au moins une fois par an et souvent au printemps, quand la lumière revenait et que mon envie d'elle avait la clarté de l'alcool à brûler.

En rentrant le soir, je dis à mon père :

– Je sors avec Andréa Dessailly. Je me fous que ça te pose un problème.

Il se mura. Sur son rocking-chair, ma mère sourit.

Ellie m'écrivit un après-midi de mars. Des majuscules, des points, des virgules, elle avait dû réfléchir longtemps :

Bonne chance pour tes épreuves de spécialité. J'espère que tu vas bien. Donne-moi de tes nouvelles si tu le souhaites, je sais que ça n'a pas été facile. Cosme t'embrasse. Je pense à toi.

Je sortais du club, mes épaules s'étaient assouplies depuis que je ne chassais plus, mes tirs étaient plus beaux, précis. Andréa m'attendait au pied de son scooter, je lui montrai le message. Elle lut, relut, elle dit :

– Est-ce que je dois m'inquiéter ?

– Pour ?

– Pour toi.

Elle me rendit mon téléphone, je gardai sa main dans la mienne.

– Non.

Pierre cessa de la harceler quand il se mit avec une autre meuf, Lucie, sage, bonne élève, persuadée qu'on ne voudrait jamais d'elle ou de son corps, qu'elle méritait tout le mal qu'on lui ferait et rien du plaisir qu'on pouvait lui donner. Il l'écrasa. D'abord, il la niqua dans les chiottes d'une boîte, il prit des vidéos qu'il fit tourner, ensuite il la ghosta et la regarda se désintégrer sous les moqueries, les chuchotements de mépris qui fendaient les rangs d'élèves sur son passage. Quand elle tomba, c'est-à-dire quand elle s'effondra à la sortie d'un cours d'histoire-géo pendant lequel trois mecs s'était foutus sur sa peau à lui faire passer des papiers pour savoir combien elle prenait pour se faire enculer à la récré, quand son épaule heurta le chambranle de la porte tellement elle était sonnée, quand sa tête cogna le carrelage du couloir et qu'elle saigna du nez, immobile, vaincue, Pierre avança, comme on approche un cerf : « Lucie, ma puce, ça va ? » Andréa aussi s'approcha, elle posa une main sur son dos : « Lève-toi, ça va aller, c'est des bâtards, des putains de bâtards, je te tiens, je suis là. » Lucie prit le kleenex que Pierre lui tendait, elle se nicha contre lui, la toisa : « Tu ne t'approches plus de lui, t'as compris, c'est mon mec maintenant. » Je pensai aux messages que Marion avait envoyés à Ellie, « *ton* mec, *ta* pute, *ton* enfoiré de bâtard de mec ». Ça me sembla urgent, vraiment, de régler cette histoire de propriété.

Andréa coupa ses cheveux, un carré sous les oreilles qui durcissait sa mâchoire mais jetait les yeux sur la ligne parfaite de sa lèvre supérieure. Elle portait des T-shirts, des pulls, des sweats qu'elle piquait à son père, des pantalons droits, un k-way Decathlon qu'elle avait trouvé en réderie, tout le corps effacé, aplati, elle n'offrait ses reliefs qu'aux personnes dont le vertige ne menaçait pas sa confiance. Elle rentrait de soirée à l'aube, elle m'appelait, je lui ouvrais la porte de ma chambre. Elle se collait à moi, elle disait : « Il y avait ce gars, cette meuf, je lui ai montré ça, donné ça, et ça, Max, ça c'est pour toi. » Pour toi. Jamais *à* toi.

J'eus mon bac. Je ratai la mention à 0,2 point, ça fit soupirer mon père mais un cursus d'anglais avait accepté mon dossier, j'entrais à la fac à Paris, une anomalie dans ce qu'était l'avenir qu'il avait imaginé pour moi. Il n'arrêtait pas de dire : « C'est parce que tu as mis l'adresse d'Antoine dans ta lettre de motivation, sinon ça ne serait jamais passé. » Tout le monde fut très clair : tu n'as pas de bourse, pas de chambre au Crous, on ne peut pas te payer d'appart, un abonnement TER Hauts-de-France peut-être, tu prendras le train tous les jours, et tu vas voir, c'est fatigant, ça ne va pas être facile, tu vas galérer, tu vas rater tes exams, ta vie, tout peut-être, tu ne feras jamais rien. Le mari de ma tante me fit la leçon pendant toute la semaine où on fut chez eux dans la Drôme, ça aurait quand même été plus simple que tu restes à Amiens, pourquoi absolument Paris, ton frère je comprends mais toi bon, ce n'est pas comme si tu allais faire des grandes études. Autour, le chant des cigales, l'herbe cramée, j'étais sur une chaise face à l'oliveraie, Agathe était énorme, chevilles gonflées, à préparer à manger pendant que son mec n'en branlait pas une. Je mis mon casque, « Oui oui bien sûr Franck », je lançai la playlist que Cosme avait ouverte à mon nom, « *We're not in love but I'll make love to you* », « Je t'aime comme si tu étais moi, je t'aime comme si tu n'étais plus là ».

– L'appart est ouvert, si tu as besoin, me dit Ellie à la fin de la première semaine de cours.

On était au comptoir du grand Relay de la gare du Nord, je piochais dans un paquet de chips, j'avais bu un thé dégueulasse, amer, mon train partait dans vingt minutes.

– Si ça te simplifie la vie. On a une chambre en trop.

– Cosme serait d'accord ?

– Pourquoi il ne serait pas d'accord ?

– On ne s'est pas vraiment revus depuis l'année dernière.

Elle sourit, suça les miettes sur son pouce.

– Ça ne lui posera pas de problème. Au contraire.

Elle avait toujours les cheveux courts mais plus la même couleur, un blond cendré, moins affirmé, les ongles aiguisés, bleus, et aux oreilles des anneaux gris. Régler les choses entre nous avait été simple : s'asseoir dans le jardin de ses parents quand elle était venue passer une semaine de vacances toute seule en juillet, boire une limonade, se regarder, se demander pardon pour les cris, avoir confondu la peur et le désir, avoir gardé le silence quand il fallait parler. Je lui avais rendu son châle. Elle l'avait remaillé.

– C'est à quelle heure ton train ?

– C'est maintenant.

– Je t'accompagne.

On marcha jusqu'au bout de la rame, les contours flous de la foule, l'air tiède et les pylônes, le fer forgé au-dessus de nos têtes. Des pigeons volaient sous les verrières.

– Tu me diras ce que tu veux faire, dit-elle quand je montai dans le wagon. Pour la chambre.

Je souris, elle me fit signe, irradiante, dans ma bouche un goût de sel. Les portes se fermèrent. Tant de choses, Ellie. Je veux faire tant de choses.

LA PLAYLIST

Clic clic pan pan, Yanns
Baby It's You, Smith
Baby's On Fire, Die Antwoord
Sous tes lèvres, Lala &ce
À l'horizontale, Aloïse Sauvage
No One Knows, Queens of the Stone Age
Say, The Corrs
Macarena, Damso
Loyalty, Kendrick Lamar ft. Rihanna
La Man, Christophe ft. Yasmine Hamdan
august, Taylor Swift
Dale x Love Therapy, Hamza ft. Aya Nakamura
Foufoune, Mara ft. Sleazy Stereo
Je te le donne, Vitaa & Slimane
Enjoy the Silence, Depeche Mode
Jusqu'au dernier gramme, PNL
LD, AAP Rocky
As It Was, Harry Styles
Strange, Celeste
Moussa et Sarah, Jok'air ft. Emily Perry
Love & Hate, Michael Kiwanuka
Grain de sable, Booba ft. Elia
Les Princes, MZ ft. Nekfeu

Talk Tonight, Oasis
Nikes, Frank Ocean
Je t'aime, Vald

« Ta nuque a un goût de fumée », Dorothy Allison, « Conversation sur le sexe » in *Peau, à propos de sexe, de classe et de littérature* [1994], Paris, Cambourakis, 2015.

REMERCIEMENTS

Rien ne s'écrit sans les autres :

Charline et Manon, qui ont cru en ce texte
Célia, qui m'a ouvert la voie
Hélène Vignal, qui a écrit *Queen Kong*
Jeanne, qui m'a fait lire *Queen Kong*

Molly et Élodie, qui m'ont vue me débattre
Ninon, qui m'a aidée
Quentin, qui me lit à chaque fois

Audrey
Camille
au cœur des jours

Maman, qui m'a dit d'écrire
Papa, qui m'a laissée écrire

Amandine, toujours

Et mon frère

À vous tou·te·s, merci.

Cet ouvrage a été achevé d'imprimer en se prenant la main pour le compte des éditions Thierry Magnier
par l'Imprimerie Floch à Mayenne en septembre 2023
Dépôt légal : octobre 2023
NBJ/00117.01.00001.001
N° d'impression : 103222
Imprimé en France

TOUTE À VOUS
MAÏA BRAMI
L'ARDEUR

TOUCHE-MOI
SUSIE MORGENSTERN
L'ARDEUR

LES PREMIERS PLANS
RÉMI GIORDANO
L'ARDEUR

LE POINT SUBLIME
MANU CAUSSE
L'ARDEUR

APPRIVOISER L'ÉTÉ
MARIE BOULIER
L'ARDEUR

QUEEN KONG
HÉLÈNE VIGNAL
L'ARDEUR

LE GOÛT DU BAISER
CAMILLE EMMANUELLE
L'ARDEUR

BIEN TROP PETIT
MANU CAUSSE
L'ARDEUR

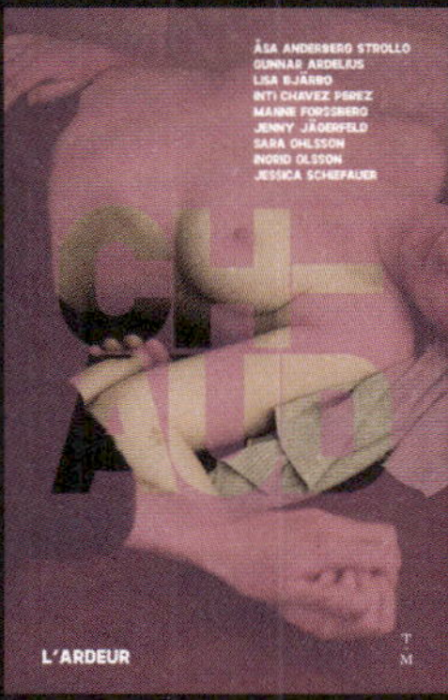
ÅSA ANDERBERG STROLLO
GUNNAR ARDELIUS
LISA BJÄRBO
INTI CHAVEZ PEREZ
MANNE FORSSBERG
JENNY JÄGERFELD
SARA OHLSSON
INGRID OLSSON
JESSICA SCHIEFAUER
CHAUD
L'ARDEUR

CITRON
MÉLODY GORNET
L'ARDEUR

L'ARDEUR
LIRE OSER FANTASMER